スカーレット・ナイン
Scarlet Nine

スカーレット・ナイン

水《みな》壬《み》楓《ふう》子《こ》

ILLUSTRATION：亜《あ》樹《き》良《ら》のりかず

スカーレット・ナイン

LYNX ROMANCE

CONTENTS

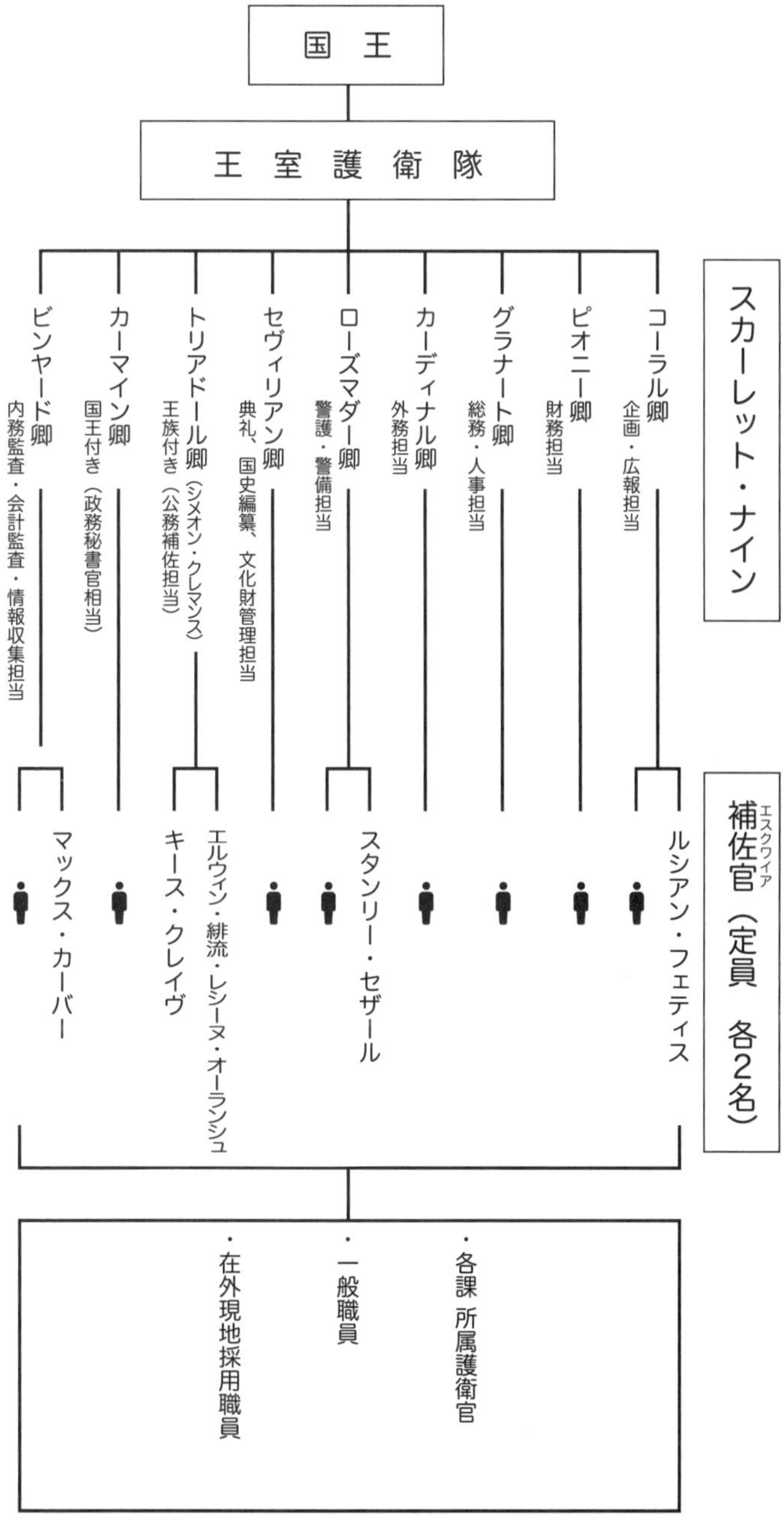
国王
王室護衛隊
スカーレット・ナイン
コーラル卿 企画・広報担当
ピオニー卿 財務担当
グラナート卿 総務・人事担当
カーディナル卿 外務担当
ローズマダー卿 警護・警備担当
セヴィリアン卿 典礼、国史編纂、文化財管理担当
トリアドール卿（シメオン・クレマンス） 王族付き（公務補佐担当）
カーマイン卿 国王付き（政務秘書官相当）
ビンヤード卿 内務監査・会計監査・情報収集担当
補佐官《エスクワイア》（定員 各2名）
ルシアン・フェティス
スタンリー・セザール
エルウィン・緋流・レシーヌ・オーランシュ
キース・クレイヴ
マックス・カーバー
・各課 所属護衛官
・一般職員
・在外現地採用職員

スカーレット・ナイン

スペンサー王国、独立三九九周年――来年はいよいよ四〇〇周年へ。

執務室に設置されているテレビの画面に、そんなテロップが大きく浮かんでいた。

「お、始まったか」

誰かがつぶやいて、音量を上げたのだろう。ナレーターの声がわずかに大きくなる。

執務室にいた全員が一瞬、仕事の手を止め、視線がモニターに集まった。

画面の中ではふだんから見慣れた王宮内の風景が、今の国王一家の（メディア向けの）姿とともに映《うつ》し出されていた。

「特番、今日かぁ」

「ああ…、しばらく取材が入ってたヤツ」

思い出したようなそんな声が、あちこちから聞こえてくる。

エルウィン・緋流《ひりゅう》・レシーヌ・オーランシュ――この仰々《ぎょうぎょう》しい正式名を名乗ることはほとんどなかったが――がいるのは、今まさにテレビに映し出されている広大な王宮の一角にある「王室護衛隊」の執務室、通称クリムゾン・ホールである。そのアッパーフロアだ。

かつて帝国の支配下にあったスペンサーが独立して、来年でちょうど四〇〇年になるわけだが、王家はそれ以前から存在していた。王宮も記録上は五〇〇年以上も昔に、当時は地方領主だったスペンサー王家の始祖《しそ》によって最初の城が建てられている。それから増改築を重ねてきたクラシカルで重厚感のある外観だが、比較的新しい――といってもゆうに百年はたっている――この棟《とう》は丸ごと護衛隊、および付属職員の内務作業に当てられており、設備はかなり近代的だった。

　クリムゾン・ホールはその中心にあたり、高い吹き抜けのグランドフロアが護衛官や付属職員の執務室、そして二方向にある階段を上がった中二階のようなアッパーフロアが、緋流たち「補佐官《エスクワイア》」の執務スペースになっていた。東西で二つの島に分かれて全部で十六席あるが、今席に着いているのは十名足らずだ。

　そしてグランドフロアにいるのは、およそ二五〇名ほど。やはり大きく東西に二分されている。厳密には、全部で八つのセクションが半分ずつに分かれる形だ。

　その一階にも二階にも大きな仕切りや壁はなく、意思の疎通がしやすい環境になっていた。逆に言えば、何も隠せない、ということだ。どっしりとした石造りの壁と大きな柱に囲まれて、シンプルでいかにも現代的なだだっ広いオフィススペースが妙な調和をもたらしている。

　その下の階でも、やはり気になるのか、数台あるモニターにはすべて同じ番組が映し出され、ほとんどの職員が視線を上げて眺《なが》めていた。

「三九九周年ねぇ……。毎年、たいして変わんない内容な気がするけど」

「まぁ、王室特集は一定の視聴率がとれるみたいだからなー」

　緋流はすぐに視線を手元に落として続けていた書類仕事にもどったが、まわりからはそんな感想が聞こえてくる。

「取材に対応するのは面倒だけどな」

「そう言うなよ。国民の支持があっての王室なんだし、広報活動は必要さ。……俺たちの給料のためにもな」

　誰かの指摘に、違いない、と軽やかな笑い声が弾《はじ》けた。

『王家とともに歩んできた〈スカーレット〉、王室護衛官の業務に密着してみましょう』

　ナレーターのそんな声とともに、対象が王族から自分たち護衛官の方へズームされたらしく、おっ、とまわりがさらに身を乗り出している気配がある。

「おお…、美しいなー」

「これ、いつの映像？」

　そんな問いともつかない言葉に緋流が何気なく顔を上げると、画面には数百人もの王室護衛官《スカーレット》がその呼称の由来でもある緋色《ひいろ》のマントを肩からひるがえし、広大な王宮の中庭で、一糸《いっし》乱れず整然と立ち並んで敬礼する姿が映し出されていた。

　さすがに壮観だ。蒼穹《そうきゅう》に鮮やかな緋色が映《は》えて美しい。

　どうやら、先々代国王が退位した時の映像らしい。続いて先代国王の即位式、そして崩御《ほうぎょ》された時の葬儀の様子から現国王アルフレッド陛下の即位の映像へと、年を追って切り替わっていく。どの場面でも、護衛官たちは常に王族のそば近くに寄り添っていた。

　現在はスペンサー大公と称される先々代が退位したのは四年前だ。緋流が任官して三年目のことだった。

　先々代の退位と前王の即位式という、国際的にも大きな舞台に関わることができ、緋流にとってもその準備で目のまわるような一年だったが、やはり晴れがましい気持ちだった。幸運だったと言えるだろう。もうしばらくはそんな大きな行事はないだろうし、いい経験にもなった――と思っていた。

　しかしそのほんの三年後――昨年だ。先代が飛行機事故で急逝《きゅうせい》した時には王宮中がひっくり返るような騒ぎになり、緋流も否応《いやおう》なく巻きこまれた。予想もしていなかった事態だったが、護衛官たちに茫然自失としている余裕はなかった。

それこそ、親族である王家の人々が悲嘆に暮れている中、護衛官たちは国葬となる葬儀のいっさいを取り仕切り、喪《も》が明けた今年二月の即位式に向けての準備で走りまわった。

晩婚だった先代の国王に子供はおらず、王位は弟へ受け継がれることに問題はなかったが、やはり未亡人となった王妃の待遇やら、新しい国王一家の離宮から王宮への引っ越し作業やら、もちろん新しい国王への仕事の引き継ぎやら、それにともなう護衛官たちの大規模な配置換えやらと、映像の中では粛《しゅく》粛《しゅく》と王族に付き従っているが、舞台裏はすさまじかったのだ。

緋流は十七歳で幹部候補生として士官学校へ入学し、二十一歳で卒業後、王室護衛官に任官した。今年で七年目になるが、二年前に補佐官に抜擢《ばってき》され、葬儀や二度目の即位式でもその働きは大きく評価されていた。

とはいえ、他の補佐官たちもさほど年齢は変わらず、つまりそれだけ優秀な人材の集まりなのだ。ぼやぼやしていると、すぐに振り落とされる。

「取材って、誰か密着とかされてたんだっけ?」

「今回は、ノア・マルジェラに頼んだよ。ちょうど護衛官に叙任《じょにん》されて、広報課《うち》に配属になったところだったしね」

何気ない誰かの問いに答えているのは、広報課の補佐官であるルシアン・フェティスだ。

緋流より四つ年上の三十二歳だが、小柄でおかっぱのような髪型にかなりのベビーフェイスで、私服で歩いていると高校生に間違われることもあるらしい。だが相当なくせ者で、やり手でもある。広報だけあって人当たりがよく、いつも無邪気に明るい笑顔を振りまいているが、この童顔に惑《まど》わされると痛い目を見る。

「ああ…、今年入った新人の彼女。美人だよなー。成績もよくて、警護課《うち》で狙《ねら》ってたのに、広報にかっさらわれたんだよなー」

警護課の補佐官であるスタンリー・セザールが、頬杖をついていささか恨みがましく文句をたれている。

スタンリー――スタンは緋流と士官学校の同期で、比較的気安いつきあいをしている男だ。

「当然だよ。広報はスカーレットの顔だよ？　美男美女はうちに優先権があるの。ただでさえ女性は少ないんだから、渡すわけないだろ」

勝手な理論だが、こうきっぱりと言い切られてしまうと、他は苦笑いを返すしかない。

確かにメディアに顔を出すことが多い広報課の護衛官は、容姿という点で平均以上にある。

常に「開かれた王室」をアピールしていく上で、「好感を持たれる」ことが王室の課題でもあり、実際に反論するのは難しい。

そして話のついでとばかりに、少し離れた西の島からルシアンが大きく声を上げた。

「ねえ、緋流ー、今度取材要請があったら、君、受けてくれないかなぁ？」

「遠慮します」

顔を上げ、言葉は丁寧ながら、とりつく島もなく緋流は返す。ヘタに曖昧《あいまい》に返すと、ぐいぐい来られてあっという間に取りこまれてしまう。

「じゃあ、譲歩して来年のカレンダー！」

「もっと嫌です」

身を乗り出して交渉してくる先輩に、やはりバッサリと答える。

国民にはある種、アイドル的な人気もあるスカーレットだけに、三年前から選ばれた護衛官たちをモデルに広報がカレンダーを制作しているのである。

それがなかなかの売れ行きらしい。

「広報はきれいどころをそろえてるんだろ？　そっちで探せばいいんじゃないのか」

そんな二人の攻防の間にいた補佐官が、頭越しのやりとりにあきれたように言った。

「来年は四〇〇年だから！　陛下の即位一周年でもあるからっ。トピックになる新しい顔が欲しいんだって。毎年新しい顔を求められる僕の身にもなってよー」

「無理強《じ》いはスカーレットの精神に反しますよ」

泣きの入った（ふりの）ルシアンの声に、緋流はいかにも相手にしていない様子で、手元の書類仕事にもどった。

先輩ではあるが、同じ護衛官だ。その中では気を遣《つか》わず、おたがいに言いたいことは言う、というのが伝統的な護衛隊の気風である。

「だから、スカーレットの給料のためでしょ？　みんなは一人のために、一人はみんなのために！　ねっ？　みんな我慢して、カレンダーモデルをやってるんだからー」

ぎゃんぎゃんとしつこくルシアンが説得を試みる。

「デレクとか、ノリノリでやってるみたいに見えるけどな」

苦笑しつつ、援護のつもりか、スタンが口を挟んでくれる。

「いや、あいつは特別だって」

「あー、今年の八月のモデルだっけ？　上半身が裸で、緋色のマントだけっていう…」

ルシアンがパタパタと手を振り、誰もが思い当たったのか、小さな笑いとあきれたようなため息で、ちょっと場がざわついた。

確か警護課にいる、屈強な肉体美溢《あふ》れる護衛官だ。緋流もそのカレンダーを見た時には唖然《あぜん》としたものだった。

「アレ、大丈夫だったんですか？　品位、ギリでしょう？」

「ＯＫ出たもん。ま、ちょっとナインの中でも物議を醸《かも》したみたいだけど。……でもおかげで、売り上げ去年の三割増しだよ！」

鼻息も荒く、ルシアンが拳《こぶし》を握る。

「うん。確かに売り上げはよかった。おかげで、離宮の修繕費が出たからな」

ほくほくとした様子で口を開いたのは、財務課の補佐官だ。

「だから、緋流！　次は君の出番なのっ」

「お断りします。カメラの前でまともに笑えませんし」

しつこく食い下がるルシアンに、いくぶんうんざりしつつ緋流は返す。

「緋流はそのままでいいってー。無愛想なのも個性だからっ。今、塩対応キャラが受けてるしっ。ほら、ツンデレって人気だし！」

「いやぁ…、緋流にデレはないかなー。ツンデレというより、ツンドラ…？」

まぜっかえすようにスタンがうなった時だった。

緋流の目の前で、内線電話が音を立てる。コール一回で緋流は受話器を上げた。

「はい、クリムゾン・イースト」

『——緋流？　今日のミーティングの前に、一度、部屋に来てくれないかな』

短く応《こた》えた緋流に、相手は声で察したのだろう。同時に緋流も、直属のボス——上官になるトリアドール卿《きょう》だと認識する。

「すぐにうかがいます」

過不足なく答えて受話器を置くと、助かった、と内心で思いながら、緋流は席を立った。反射的に、椅子《いす》の背に掛けていた上着に手を伸ばす。

「すみません。呼び出しですので」

「えー、だったら、スタン。おまえ、どうよ？　脱いでくれないかなぁ？　今年の八月担当で」

無理だと悟ったのか、ルシアンがターゲットを変更している。

「え？　なんで脱ぐ前提っ？」

さすがにあせったように声をうわずらせたスタンが、急に思い出したように言った。

「あっ、緋流、俺も行くよっ。ローズマダー卿にちょっと用が……」

本当か逃げる口実か、せかせかと立ち上がる。

やはり椅子の背に掛けてあった同じ制服——いや、軍人の扱いなので、軍服と言うべきだ——の上着をひっつかむと、あわてて緋流のあとを追いかけてきた。

アッパーフロアからつながっている空中回廊を抜けながら、二人とも上着をしっかりと着こんでボタンをとめる。

気候のよい春先で、屋内ならば上着はいらない気温だったが、室外へ出る時には着用が不文律になっていた。執務室の中だと比較的ラフな格好が許されているが、一歩外へ出ると誰と顔を合わせるかもわからない。うろついているのが身内だけとは限らないのだ。それこそテレビクルーが入っている場合もあるし、海外から要人が訪れている場合もある。このあたりはさすがに立ち入りは禁止されているが、敷地内の王立図書館や礼拝堂、厩舎《きゅうしゃ》など、一部は一般にも開放されているのだ。

「スカーレット」の名の由来となっている緋色のマントは、さすがに通常の業務では身につけていない。数百年の昔は防寒や防塵《ぼうじん》の用途もあったのだろうが、今では軍服自体の性能が上がっているのでその必要もない。

マントをつけるのは、何かの儀式や公式の場くらいだった。呼び名もあって、一般にマントのイメージは強いようだが、それはメディアでその光景がよく流されるからというだけだ。

だがもちろん、王室護衛官の象徴であり、誇りでもある。

「そりゃ、緋流は無理だろ…。伯爵家の嫡子《ちゃくし》だぞ。家名に関わるって」

「だからいいんだよー。やっぱり、今の世でも貴族って特別感があるし。何と言っても女の子の食いつきが違うっ！」

「美形だし？」

「それそれっ」

さすがに気を遣ってか、小声の会話が背中からかすかに届いていたが、緋流は聞こえないふりで足を速めた。

「悪気はないさ」

ぽん、と緋流の肩をたたいて、スタンが軽く笑う。

「わかっている」

緋流も無表情なまま、さらりと返した。

スタンは、緋流がその「伯爵家」を嫌っていることを知っているのだ。

それもあって、緋流はオーランシュの名をほとんど名乗っていない。学生時代や護衛隊の中でも、エルウィンというファースト・ネームではなく、緋流の名で通しているのも同じ理由だった。

現代において、貴族など何ほどのものでもない、と思う。が、それをありがたがる人種がいるのも確かだった。

そうでなくとも、二十一世紀の現代にいたるまで、めんめんと歴史と伝統を紡《つむ》いできた王国なのだ。歴然と貴族社会は存在し、実際に影響力もある。

「おまえはカレンダーモデルをやるのか？」

王宮のさらに奥になる隣の建物へ移ると一気に人の気配が消え、喧噪《けんそう》も遠ざかる。

耳に届くのは反響する自分たちの靴音だけ、という状態で、何気なく緋流は尋ねた。

「いやぁ、ヌードはなー…」

スタンが渋い顔でうなった。

「さすがにヌードはないだろう。デレクも一応、マントは身につけていたようだし。下は穿《は》いていたんだろう？」

「まぁな。だが、写ってなけりゃ、穿いてないようにも見える。つか、裸にマントってのがよけいにエロいんだってば。あれはヤバいだろ…。ほんと、よく許可が出たもんだよ…」

やれやれ、というようにスタンが頭を掻《か》いた。

「できるだけ自由にやらせようというのが、今のナインの方針だからな」

「ちょっと野放しすぎんじゃねぇの…？」

あきれたようにうめいたスタンに、緋流はわずかに首をかしげる。

「むしろおまえは自由にやりたい方かと思っていたが？」

スタンは厳格な護衛官の規律を、きっちりと遵守《じゅんしゅ》しているタイプではない。

「いや、デレクのヤツがあれ以来、調子に乗ってめんどくさいんだって。おかげでメディアの取材とかも増えたしな」

パタパタと手を振り、げっそりとした顔で言ったスタンに、そっちか、と緋流は肩をすくめた。

デレクは警護課に所属している男だから、スタンの直接の配下になる。

ナイン、というのは、「スカーレット・ナイン」と呼ばれる九人の護衛官のことだ。

王室護衛隊のトップに立つ九人であり、騎士《ナイト》の称号が与えられている。

スペンサーの王室護衛官は、王族の警護のみならず、王の補佐として大きく政治に関与してきた伝統と実績があった。それが今に続いているわけだが、現在は千人を超える護衛官も、およそ四〇〇年の昔、独立当初に創設された時にはわずか九人だった。誰が隊長というわけでなく、九人の合議制ですべてに対処してきた歴史から、今も九人が各部署の長として職務を果たし、重要な決議や判断には九人の総意が必要となっている。

その九人は初代の名を受け継ぎ、現在でも「騎士」として一代限りの貴族に叙せられていた。

スタンは警護課を支配下にするローズマダー卿の補佐官であり、緋流は王族付きであるトリアドール卿の補佐官である。ナインには現在、それぞれ二人ずつの補佐官が定員としてついているのだ。

ほとんどの補佐官たちのデスクが、先ほどまでいたクリムゾン・ホールのアッパーフロアにあるが、ナインはそれぞれに個人で執務室を持っている。

王国とは言っても現在のスペンサーは立憲君主制

国家であり、国家の運営はもちろん議会と内閣が行っているわけで、昔と違って王の権限は大きく制限されていた。とはいえ、王家はそれ自体、国のもっとも大きな観光資源であり、スペンサーにおける最大の納税者であり、外交の半分を担《にな》っている。もちろん民衆に対しても絶大な影響力を持ち、それだけ大きな発言力がある。

ナインのそれぞれにも、閣僚とほとんど同等の身分と実権があった。

その執務室は、「円卓の間」と呼ばれるナインが定例の会議を行う広間を取り囲むように配置されており、緋流はトリアドール卿の執務室がある廊下へ足を踏み入れた。

「じゃ、またあとでな。……うん？」

別の廊下に向かうスタンが軽く言って別れようとした時、ふと何かに気づいたように足を止めた。

同時に緋流も、その影に気づく。ちょうど緋流が向かおうとしているトリアドール卿の部屋の前に男が一人、立っていた。

誰だ？　と何気なく考えた瞬間、こちらの気配に気づいたように男が振り向く。

そしてゆっくりとこちらに向かってきた。

見覚えのない男だ。が、自分たちと同じ護衛官の軍服を身につけている。いくぶんだらしなく着崩れてはいたが。

とてもトリアドール卿の部屋の前に立つ格好とは思えず、緋流はわずかに眉をひそめた。

「あれ…、キース？」

と、横でスタンが意外そうにつぶやく。

「知っている男か？」

「警護課《うち》のヤツだよ。こないだまで陸軍に出向《しゅっこう》してたんだが、帰ってきたところだ。……でもなんでこんなところにいるんだ?」

尋ねた緋流に、スタンが怪訝《けげん》そうに首をかしげる。

なるほど、千人を超える隊員がいれば緋流が知らない顔も多かったし、他へ出向していたのなら、なおさらだった。

護衛隊からは、調整役として各軍や各省庁だけでなく、在外公館や、国内外で王室の資産を管理する企業や協会などへの出向も多い。

しっかりとした靴音が耳に響き、やがて二人の前で男が立ち止まった。

ラフに後ろへ流した茶褐色の髪とダークブルーの目。がっしりと体格のいい男で、かなりの長身だった。一八〇に近い緋流よりもさらに五、六センチも高い。護衛官にしてはピシリとした折り目の正しさはなく、むしろ傭兵《ようへい》か何かのような無頼《ぶらい》な雰囲気だ。その分、野性的な色気を感じる。護衛官らしくはない。

冷ややかに見上げた緋流の眼差《まなざ》しをまっすぐにとらえ、男がにやりと口元で笑った。

ふだんから愛想笑いもしない緋流は、たいてい冷淡に、ことによるとお高くとまっているように見られることが多く、初対面でこれだけ自分と目が合わせられる人間は少ない。

「すごいな。本物だ」

じっと緋流を見つめたまま、男がつぶやくように言った。

緋流としては、聞かない言葉ではなかった。スカーレットでも緋流が知らない顔は多かったが、十八人しかいない補佐官の顔はよく知られている。言葉を交わしたこともない相手から、憧憬《どうけい》の眼差しを向けられることも少なくはない。とりわけ、顔のイメージだけで見ている者からは。

「やっと会えたな」

が、続けて言われた言葉はちょっと特殊だった。

……いや、だがそれも、経験がないわけではない。

パブリックスクールにいた頃だが、ストーカー的な妄想――恋愛妄想に陥《おちい》った相手から、「運命の相手」だと一方的に思いこまれたことがある。その男も確か、そんなことを口走っていた。

そう、その時も男だった。

スペンサーでは二十年近くも前に同性婚が認められている。法改正をした、世界でも早い国の一つだった。閣僚を含め、著名人で公表している者もいる。もちろんまだまだ差別は多いし、あからさまに嫌悪感を向ける者も多いが、緋流たちの年代であれば比較的受け入れられていた。……と同時に、同性相手にストーカーをすることに躊躇《ちゅうちょ》がないのかもしれないが。

あるいは――緋流自身、身体《からだ》の相手は同性だったから、無意識に引き寄せているのかもしれない。

だからこそ、警戒心は強かった。

「危ないヤツなのか？」

緋流はちらりと横の友人を見上げて確認する。

スカーレットである以上、入隊時に精神鑑定はクリアしているはずだったが。

「いや？　……うん。まぁ、ある意味ではな」

「ひどいな」

顎《あご》を撫でてことさら難しい顔で言ったスタンに、キースが苦笑いする。

ハッハッ、と軽く笑って、スタンが紹介した。

「キース・クレイヴ。狙撃手《そげきしゅ》だ」

「狙撃手？」

緋流は思わず聞き返していた。

護衛隊の中で、狙撃手はきわめて少ない。いや、

「狙撃手」と呼ばれる隊員がいたことも初めて知った。警備上、ほとんど必要がないからだ。王室護衛隊はその名の通り護衛が基本であり、こちらから攻撃する状況はまずない。

もちろん通常の警護技術に優れており、なおかつ狙撃の腕もいい、ということなのだろう。

「あんたのハートを撃ち抜く自信はあるね」

男――キースがさらりと言った。

滑稽《こっけい》なほど、陳腐《ちんぷ》なセリフだ。

「……おい、大丈夫か？　おまえ、そんなキャラだっけ？」

スタンが顎を外しそうな顔でうなった。

「本気なんだが」

意に介さず、キースが続ける。

「やっぱり精神病質者《サイコパス》か社会病質者《ソシオパス》の兆候があるな。もう一度、適正検査をした方がいいんじゃないのか？」

緋流は肩をすくめて辛辣《しんらつ》に言った。

単なる冗談なのか、からかっているつもりなのか、あるいは本当に危ない男なのか、いずれにしてもあまり関わり合いになりたくない。

「どうした？　緋流に一目惚れでもしたのか？　ま、めずらしかないがな…」

苦笑いしたスタンに、キースが澄ました顔で答える。

「そんなところだ」

「マジか。そりゃ、前途多難だな。緋流相手にまともな恋愛しようなんて」

いくぶん大げさな、おどけたような物言いだったが、なかば本気だろう。

身体の相手を見つけることに苦労はしない緋流だったが、恋愛をするつもりはなかった。いや、自分

にできるものとも思っていなかった。興味もない。

へらへらと、どこかおもしろそうに緋流とキースの顔を見比べていたスタンが、思い出したように尋ねた。

「……で、どうしておまえ、こんなところにいるんだ？」

ナインの執務室と会議室があるこのあたりは、直接ナインに用がある人間くらいしか立ち入ることはない。補佐官や政府官僚以外の人間がいるのはめずらしかった。

「挨拶《あいさつ》と拝命に。トリアドール卿の補佐官に任命された」

あっさりと答えられ、えっ？　と思わず声を上げたのは、緋流もスタンも同時だった。

「聞いてないぞ？」

キースが警護課の人間であれば、その補佐官であるスタンの耳には当然、入っているべき内容だ。

「ついさっき、辞令を受けたところだ」

いくぶん難しい顔で首をひねったスタンに、さらりとキースが答える。

そしてその視線が、まっすぐに緋流を見つめた。

「つまり、あんたの新しい相棒だな」

◇　◇

この日は、全王室護衛官のトップに立つ「スカーレット・ナイン」のミーティングの日に当たっていた。

週に一度の定例であり、王家の行事やら公務やらの状況次第で臨時に開かれることも多い。

　そのナインのミーティングは、王宮内の「円卓の間」と呼ばれる一室で行われることが創設以来の慣例であり、その名の通り大きな円卓が広間の中央に置かれていた。これは創設当初、九人だけだった王室護衛官の中で特に序列を決めることはせず、九人の総意ですべてに対処していく、という方針を示したものだという。

　その方針は今でも受け継がれているが、ただ四〇〇年の昔と違って物事が煩雑《はんざつ》になり、職務も膨大となり、千人を超す護衛官に加えて、一万に及ぶ一般職員を擁《よう》するようになると九人ですべてを管理することは難しく、それぞれの補佐官が同席するようになっていた。現在、円卓を囲む九つの重厚な椅子の後ろには、二つずつの椅子と小さなサイドテーブルが用意されている。

　そしてその後ろに当たる壁には、それぞれ初代のスカーレット・ナインの肖像画が掲げられていた。

　つまり、ナインのすわる椅子は決まっている。この四〇〇年変わらず、だ。

　すなわち、

コーラル卿——企画・広報担当
ピオニー卿——財務担当
グラナート卿——総務・人事担当
カーディナル卿——外務担当
ローズマダー卿——警護・警備担当
セヴィリアン卿——典礼、国史編纂《へんさん》、文化財管理担当
トリアドール卿——王族付き（公務補佐担当）
カーマイン卿——国王付き（政務秘書官相当）
ビンヤード卿——内務監査・会計監査、情報収集担当

の九人になる。

　もちろんそれぞれに個人の姓名は別にあるが、初代の九人の名が、現在ではそれ自体、称号であり、役職名のように引き継がれていた。

　緋流はトリアドール卿の補佐官なので、その後ろの席に着く。

　クリムゾン・ホールからほとんどの補佐官たちがミーティングのためにほぼ同時に移動しており、ぞろぞろと入室すると所定の椅子に腰を下ろした。タブレットはそれぞれが支給のものを持ち、他にもメモ帳やノートなど、自分たちの記録用具を手にしている。原則的に録音は禁止だ。議事録はグラナート卿の補佐官がとることが慣例になっている。

　緋流の隣の席には、つい三十分ほど前、トリアドール卿の執務室で正式な紹介を受けたばかりのキース・クレイヴが、ものめずらしげにあたりを眺めながら着席していた。

　これまで緋流とともにトリアドール卿の補佐官をしていた先輩の護衛官がひと月前に内務省へ出向になり、それ以来、もう一人の補佐官のポジションは空席になっていたのだが、そこに抜擢されたのがキースだったらしい。

　トリアドール卿からは、新しく補佐官になった男だからよろしく頼む、とだけ指示され、正直、キース本人から話を聞いた時には、何の冗談だ？　と思ったものだが、どうやら正式な辞令だったらしい。

　確かに、相方となるもう一人の補佐官の任命は急務だったが、しかし警護課から上がってくるとは思わなかった。

　緋流たちも「護衛官」である以上、むろん武官としての訓練は受けているし、一定の武術、体術、射撃などの心得はあるが、仕事内容としては事務官に近い。二十一世紀の現代において、「王家を守る」というのは、物理的な攻撃からよりも、むしろ情報戦であり、メディア対策や、国外の政府や王室を相手にする政治的な活動が大きくなっている。

とはいえ、今でも警護課の隊員が全王室護衛官の六割ほどを占めており、王族の直接的な警護を始め、広大な王宮や王家所有の城、施設の警備、いわゆる観光的な「衛兵」や音楽隊などが主な任務になる。そこからスタンのように補佐官が任命されることがないわけではないが、どちらかと言えば事務よりは実践タイプの人間が多かった。

キースなどはどう見ても現場向きの男であり、補佐官のような書類仕事に追われるタイプには見えない。狙撃手であれば、なおさらだ。

七〇〇名ほどの護衛官を抱える警護課では、軍と同様にいくつかの部隊があり、現場での能力が高ければ、その長に着任する方が自然だろう。立場や権限も補佐官に匹敵《ひってき》する。もちろん、将来的にナインを目指すのであれば、まずは補佐官を経験する必要があるにしても。

本人の希望だろうか？　希望がなければ就任はしないだろうが、もちろん希望しただけでなれるわけでもない。いったい誰の推薦で上がってきたのだろう……？

補佐官の任命は基本的にナインの中で議論されることで、やはりそれまでの仕事ぶりが考慮されるはずだ。これまで外部へ出向していたというキースに、大きな功績があったということだろうか。

この「円卓の間」はスカーレットにとって歴史と伝統を体現するもっとも神聖な場所で、もちろんキースは初めて入ったはずだが、好奇心に似た楽しげな表情があるばかりで、まったく緊張した様子はない。椅子とテーブル、そして調度と言えるのは肖像画だけという簡素な部屋だったが、壁にもテーブルにも重厚な歴史を感じて、緋流が初めて足を踏み入れた時には身体が震えたものだ。

さすがは剛胆と言えるのかもしれないが、緋流にしてみれば、むしろなめているように感じられて少しいらだつ。

しかも会議だというのに、どうやら手ぶらのようだ。支給されているタブレットすら手にしていない。

緋流はわずかに眉を寄せた。

「筆記具くらい用意はないのか?」

それにふっとこちらを向いたキースが、軽く首をひねる。

「議事録はとってるんだろう?」

「それをまわしてもらえるわけではない。それぞれの受け持ちの仕事内容も違う。すべてを記憶しておけるだけの自信があるのならかまわないが?」

自分でも嫌な言い方だな、と思うくらい皮肉な調子になっていた。

「自信がないわけでもないな。警護課の朝礼での連絡事項くらいは普通に覚えておける」

キースが顎を撫でながら言う。

それに緋流はぴしゃりと返した。

「課内の朝礼と同じレベルで考えてもらっては困る。連絡事項も多いし、各課で連携する作業も多い。補佐官というのは、基本的に事務仕事だという認識を持つんだな」

たいていの人間なら縮み上がるような厳しい言葉だったが、キースにはこたえた様子もなく、相変わらず平然とした顔だ。

「おまえと同じ役目なんだろう? おまえがメモし

ているんなら、あとで俺の仕事を教えてもらえればいい」

「初めから人を当てにするな。それに、その服装の乱れは礼を失している。襟《えり》を正せ」

人任せにするいいかげんさに、腹の奥で湧いたいらだちを押し殺し、緋流は強いて淡々と言った。

先に補佐官になっている緋流には、この新人の指導も任されている。指導を受ける気があるのかも怪しいが。

「お。さっそく指導が入ったな」

と、少し間を開けたキースの隣がちょうどスタンの席になり、こちらの会話を聞きつけたらしく、にやにやと口を挟んだ。

「スタン。おまえのところにいた男だろう。おまえの教育が悪いということでいいのか？」

冷ややかな眼差しでそちらを一瞥《いちべつ》すると、スタンがいかにもあせった顔を見せて大げさに肩をすくめた。

「とばっちりだ」

そしてわずかに身を乗り出して、キースの耳元で内緒話でもするように——しかし、明らかに聞こえる声でささやく。

「緋流を怒らせるなよ、キース。恐いから」

「了解」

めんどくさそうにのろのろと喉元のボタンをとめながら、キースがすかした顔でうなずく。

どうやら二人は、意外と気安い仲のようだ。

「まあ、おまえはライフルは得意でも、ペンを持つことは慣れてなさそうだからな」

「精進《しょうじん》するさ。せっかく美人の相棒ができたんだ」

緋流を横目にしたいかにも意味ありげな口調だったが、緋流は黙殺した。

まったく、狙撃手などという人種が、わざわざ畑違いとも言える補佐官へ上がってくる意味がわからない。

と、その時、ちょうど時間になり、二つある扉からナインたちが続けて入ってきた。

先に待っていた補佐官たちの賑《にぎ》やかな雑談がピタリと収まり、いっせいに立ち上がって敬礼する。右手を左の胸に当てる、古来の形だ。

ナインの執務室はこの広間を囲むように配置されているため、それぞれにではあるが、ほぼ時間通りの入室だった。同じ護衛官の軍服の上にローブを着用しており、やはり重みが違う。

最後の一人が席に着くと同時に、補佐官たちも着席した。

スカーレット・ナイン——と呼ばれるが、入ってきたのは八人だ。空席が一つ。

セヴィリアン卿は現在、欠員の扱いであり、二人の補佐官で職務を代行している。

みんな四十代から五十代で、護衛隊に入隊し、いくつかの部署で補佐官を歴任し、前任から指名を受けてその地位に就いている。指名を受けた時点で、その名を受け継ぐのだ。

「今月は…、誰の仕切りだったかな？」

カーマイン卿シメオン・クレマンスが穏《おだ》やかに口を開いた。最年長の五十代なかばで、国王付きということもあり、序列のないナインの中でもやはりまとめ役と言える男だ。

ミーティングでは議長の役割を月ごとにナインが持ちまわりで行っており、緋流の前でトリアドール卿が片手を上げる。今年で五十歳になる、おっとりした雰囲気の人だった。

「私ですね。——それでは、五月第一回の定例会議を。報告のあるところからどうぞ」

　議長によって多少、場の雰囲気に違いは出るが、たいてい定例会議はゆったりとした空気で進んでいた。同席する補佐官たちにある程度の緊張感があるので、ナインの方はあえて少し力を抜いているのかもしれない。

「では、うちから行こうか。ルシアン」

　口を開いたコーラル卿に、「はい」と応えて、その後ろでルシアンが立ち上がった。

「広報からです。先日は王室特番への取材対応をありがとうございました。先ほど番組も放映になりましたので、ご覧になった方も多いと思います」

「ああ…、今日だったんだな」

　ルシアンの報告に、ピオニー卿が思い出したようにつぶやく。

「のちほど録画をお渡しします」

　さらりとそれに対応してから、ルシアンが続けた。

「今後の取材予定や、申し込みに関しては一覧にしておりますのでご確認ください。それと、来週から西の離宮の方が改修工事に入りますので、王宮内の観光コースが一部変更になります。ご留意ください」

「それ、警備の方にも変更が出るのかな？」

　スタンが片手を上げて確認している。

「はい。それにともなって王宮内の警備も配置が変わりますので、その確認をお願いしたいと。お手元の資料に、こちらで作成した臨時コースの地図があります。警備上、また他の部署からも問題のある場所が含まれるようでしたら改訂いたしますので、お知らせください」

　テキパキとルシアンが報告している間に、もう一人の補佐官が素早くナインと、後ろの補佐官たちにも綴《と》じられた資料をまわしている。ペーパーレス化は進んでいるが、やはりナインの多くはいまだに紙の方が扱いやすいようだ。

それに毎日膨大なデータがモバイルやＰＣに送られてくるので、重要な用件も埋もれてしまいがちになり、広く共有が必要な内容はきちんと紙でも報告が上がるようになっている。

ぺらっと一枚目からめくった緋流は、ふと思い出して、隣の男の机に予備のペンを放り投げた。

ん？　とこちらを向いたキースが、どうも、と低く笑ってそのペンを摘《つ》まんで軽く持ち上げる。

「期間中は、王子、王女殿下にも、できるだけそちらの方には近づかないようにしていただければと思います」

ルシアンの視線が緋流をとらえて、ピンポイントで注意事項が与えられる。

たまに人前に姿を見せるサプライズは国民を喜ばせるいいパフォーマンスではあるが、本当にいきなりだと安全上の問題がある。王族付きとはいえ、四六時中、緋流が見張っているわけではないが、それなりの注意は必要だ。

「わかりました」

緋流も素早く確認した。

「ナインの諸卿、以下護衛官、個々の取材依頼や協力依頼につきましては、またのちほどお願いに上がります。スペンサーの未来のため、愛される王室のため、わずらわしい部分もあるかと思いますが、どうかご協力をお願いいたします」

にっこりと笑って締めくくったルシアンに、小さな笑い声がもれ、やれやれ…というような吐息《といき》も混じる。

あらためてルシアンからの視線をこめかみのあたりに感じたが、緋流は気づかない素振りで書類をめくった。

「……あっ、それと、もう一つ。いよいよ『ロイヤル・ピクニック』の日程も迫ってきました。こちらにつきましては、すでにチームを立ち上げて準備に当たっておりますが、スペンサーの観光シーズンのオープニングにも当たる一大イベントですので、なおいっそう皆様のご協力をよろしくお願いします」

　思い出したように、急いでルシアンが付け加える。広報としても力が入るところなのだろう。

　ロイヤル・ピクニックというのは、ロイヤル・カップとも呼ばれる王室主催の競馬である。年間行事の中でももっとも大きなイベントの一つであり、観光シーズン、社交シーズンの幕開けともなる華やかな集まりだ。スペンサー国内はもちろん、ヨーロッパ中から著名人が集まる。

　そのため準備にも時間がかかり、ふた月ほど前から「ピクニック・チーム」が立ち上がっていた。各課から数人の護衛官とともに補佐官も一名ずつが招集され、今回は緋流がチームリーダー、責任者になっている。

　通常業務と平行してなので、かなり時間をとられており、緋流としては新しい補佐官に期待をかけていたのだが……ハズレだったらしい。むしろ、お守《も》りにさらに時間が削られそうだ。

「では続いて典礼課からです。『ロイヤル・ピクニック』に引き続きまして、来月は『ヴィオレット』が開催になります。招待客名簿をのちほど各所にデータでお送りいたします。警備に関しまして、警護課とあらためて打ち合わせをさせていただければと」

典礼課の補佐官が立ち上がって報告した。

　スペンサーでは毎年この時期、「ヴィオレット・バル」という舞踏会が開催される。十九世紀に当時の国王が王女の花婿を選ぶために催したのが起源であり、デビュッタントの舞踏会と並んで、上流階級の若い男女のお見合いパーティー的な要素が強い。紫色のものを何か一つ身につける、というのがルールで、デビュッタント・バルと同様、現在ではチャリティ・イベントの一つになっていた。

「引き続いて、再来月になりますが、国王陛下のお誕生日の園遊会につきましてもそろそろ準備にとりかかりたいと思いますので、日程等の調整をまたお願いすることになると思います」

「来年の独立四〇〇周年式典が大きなものになるからね。陛下としては、今年の誕生会はささやかにというご希望だったが」

カーマイン卿が口を開く。

「はい。うかがっております。ただ、ささやかに、と申されましても、やはりある程度の規模にはなりますので」

「そうだな…。来年のことと合わせて、早めに準備を進めてくれ。何かあったら私の方へ」

典礼課を管轄《かんかつ》するセヴィリアン卿の地位が現在空席なので、仕事はほとんど補佐官たちで代行しているが、承認はカーマイン卿が行っている。

「はい。ありがとうございます。……それと」

少し口ごもるようにしてから、補佐官が続けて言った。

「ヴィオレットでは事前にメディア取材が入ると思いますが、アイリーン王女への質問がかなり立ち入ったものになる可能性があります。そちらへの対応を、あらかじめ確認しておいた方がよいかもしれません」

ああ…、とあちこちから小さな声がもれた。

アイリーン王女は現在の国王夫妻の長子で二十一

歳。今は大学に通っており、美しく、サバサバと明るい性格の王女だ。国民の人気も高い。

「そういえば、アイリーン王女と…、ええと、イアン・ロデリック大尉だっけ？　噂《うわさ》になっているの。王女付きの護衛官だよね？」

ちょっと楽しげに、コーラル卿が誰にともなく聞く。意外と下世話だ。

実はしばらく前に二人の関係がゴシップ誌で取り上げられて、少しばかり巷《ちまた》を騒がせていた。

「あれ、本当なの？」

いかにも好奇心いっぱいに尋ねる声に、護衛官たちが苦笑しつつ顔を見合わせる。

「緋流は何か知ってるかな？」

ふっと振り返って、トリアドール卿が尋ねてくる。

王女殿下のことであれば、一応、緋流の担当にはなる。とはいえ。


「いえ、存じ上げません。ただ、ヴィオレットでの王女のパートナーはロデリック大尉になっていたはずです」

緋流は答えた。

とはいえ、ことさらその二人が特別な関係にあるような空気も感じない。もちろん王女付きの護衛官であれば、大学への送り迎えなどで一緒にいる時間は長く、親しくなる可能性はあるだろうし、パートナーに指名したのであれば、それなりに気安い関係ではあるのだろうが。

「緋流に聞いてもなぁ…」

キースを挟んだスタンが苦笑いし、キースがおもしろそうに緋流とスタンの顔を見比べている。

「別に恋愛事に口を挟むつもりはないが、……まあ、王太子殿下だからね。少し慎重に行く必要はあるかもしれないね」

カーマイン卿が静かに言った。

スペンサーでは男女に関係なく長子が世継ぎとなることが明文化されていた。つまり、アイリーン王女は次期女王陛下ということになる。夫となる男にもそれなりの役割があるし、それなりの責任も求められるわけだ。

「警護課の所属かな？　どういう男なんだ？」

ピオニー卿が、警護課を支配するローズマダー卿に尋ねている。

「いい男だと思いますけどね。そもそも王女付きに任命されたということは、それだけの能力と人間性があるということですから」

答えてから、ローズマダー卿が背後を振り返る。

「おまえ、親しいか、スタン？」

「ええ、同期です。いいヤツですよ。質実剛健なタイプですかね。少し不器用なところはありますが、信用できます。おふたりの気持ちはわかりませんが、いきなり王女殿下に襲いかかったりはしない」

手を広げて冗談めかして言った言葉に、こら、とボスから軽い叱責が入っている。問題発言だ。

「まあ、おまえよりは問題がなさそうで安心したよ」

「心外です」

そんなローズマダー卿の言葉に、スタンがちょっとうちひしがれたふりで頭を下げる。

「そういえば、アイリーン王女はそのネット記事を見て大笑いしておられましたから、そこまで進展しているようには思えませんが」

思い出して口にした緋流に、王女らしい、という共通認識か、小さく笑い声がこぼれる。

「まあ、そちらも気をつけておこう。護衛隊から公式に言及《げんきゅう》することではないが、……緋流、王女殿下にはうかつな発言をされないように釘を刺しておいてくれ」

「はい」

トリアドール卿に指示され、緋流はうなずいた。

確かに、おもしろがって煽《あお》る発言をしかねず、事前に注意する必要はある。

「そういえば、緋流、君は出ないのか？」

と、ふいに思い出したようにカーマイン卿の視線が向けられ、緋流はわずかに瞬《まばた》きした。

「ヴィオレットにですか？　警護としては、もちろん会場には入りますが」

「ああ…、そうだな。緋流が王女殿下のパートナーになったらいいいんじゃないのか？　誰からも文句は出ないだろう」

カーディナル卿が声を上げる。

言いたいことはわかる。ヴィオレットは上流階級の、有り体《てい》に言えば貴族社会の集まりであり、そういう意味では、緋流は個人での参加資格がある。ただ――。

「いや、緋流は王女だけに張りついているわけにもいかないからね」

すかさずトリアドール卿がさらりと受け流してくれて、緋流はそっと安堵《あんど》の息をついた。

伯爵家とも、貴族社会とも、できるだけ関わりは持ちたくない。

「監察課からです」

と、続いて男が挙手して立ち上がった。マックス・カーバーという男だ。三十過ぎで、役目柄か冷淡な雰囲気の男だった。髪もきっちりと撫でつけている。

監察課というのは、護衛隊の内部監査の役目も負っているため、ここの二人の補佐官だけはクリムゾン・ホールに席はなく、別に執務室が構えられている。他にも多方面の情報収集など、任務は機密に属するものが多い。

「先日から何度か、ネット上に国王陛下の暗殺予告が出ているのはすでにご存じかと思います」

静かな言葉に、一気に空気が張り詰めた。監察課の発言というだけで、いくぶん緊張するのだが、内容が内容だ。

それについては、緋流も何度か目にしたことはあった。

「国内のテロリストや左派グループに目立った動きはありませんし、やはりイタズラだと思われますが、念のため、警備の方はご注意ください」

「書きこんだ人物の特定はできないのか？」

スタンがわずかに眉を寄せて尋ねる。

「国外サーバーからの投稿が多いものですから。何か動きがありましたら、すぐにご連絡します」

マックスがそちらに向き直ってきっちりと説明してから続けた。

「それと、このところ細かい情報漏れがあるようです。メディアやネットに、本来部外秘であるはずの王族のスケジュールが知られていたり、プライベートな発言がいくつか流れているケースが見受けられます。今のところ大きなレベルでの問題は出ておりませんが、各課、守秘義務に関する意識の徹底をお願いいたします」

「問題が出てからでは遅いからね」

ビンヤード卿の静かな言葉に、ピシ…と空気が引き締まる。

さらにいくつかの部署から報告が続き、緋流もピクニック関係の報告と確認をしたところで、ミーティングが終了した。

「……ああ、終わる前に」

散会前に、思い出したようにトリアドール卿が口を開く。

「本日より私付きの補佐官になったキース・クレイヴだ。この機会に紹介させていただこう」

その言葉でようやく気がついたようにキースが顔を上げ、おもむろに立ち上がった。

「よろしくお願いします」

意気込みや抱負のようなものもなく、それだけを短く口にする。

ナインたちの視線がいっせいにキースに注がれたが、たじろぐ様子もないのが妙に腹立たしい。

多分…、自分が初めてこの場に立って挨拶した時には、自分らしくもなく気持ちが高揚し、もっと緊張していたからだろう。それだけの価値があり、誇りにも思った。

が、キースからはそんなものがまったく感じられない。

「緋流、これからキースを殿下たちに紹介してきてもらえるかな？」

「わかりました」

振り返って、トリアドール卿が何気ない様子で言う。

「いろいろと教えてやってくれ」

「はい」

正直、大きくため息をつきたいところだったが、もっともな指示に緋流としてもうなずくしかなかった——。

◇　◇

トリアドール卿配下の緋流たちが担当する「王族付き」の仕事は、アルフレッド国王以外の王族の公務、さらにはプライベートも合わせて、要するに生活全般でのサポートおよび警護になる。

　基本的には王宮に暮らす王族で、現在は王妃と五人の子供たち、さらに退位した先々代国王であるスペンサー大公、そして亡き先代の王妃だったウェステリア侯爵夫人――が守備範囲だ。

　主に公務のスケジューリングや、訪問先の資料のまとめとレクチャー。日々の食事から、生活必需品や運転手、侍従《じじゅう》など人員の手配。個々の身辺警護には警護課から護衛官が配属されてくるので、学校や訪問先への送り迎えなどはそちらとも連携する。

　そんな細かい調整すべての統括がトリアドール卿の職務であり、緋流たち補佐官は文字通り、その補佐ということになる。とはいえ、実務レベルではすべてを仕切っていると言っていい。

　当然ながら、担当の王族とは日々、顔を合わせることになり、新しく補佐官になったキースを引き合わせる必要があった。

　トリアドール卿の指示もあり、ミーティングのあと、緋流はキースを連れて奥の宮殿へと向かった。国王一家のプライベートな空間だ。

　ただそこへ行き着くまでには、なかなかの道のりである。いったん執務室の外へ出て、車でまわった方が早いくらいだろう。とはいえ、建物の中を通るのはそれ自体、警備の一環にもなる。

　観光用に開放している宮殿や施設からは遠く離れ、もともと人通りの多い場所ではない。行き交うのは同じ護衛官か、国王に用のある政府関係の人間か、プライベートな客人か、清掃やメンテナンスのスタッフくらいだ。たいてい顔の確認はできる。

実際、このあたりでは見慣れないキースは誰かとすれ違うたびに顔を眺められていたが、緋流が一緒なので問題ないと認識されたようだ。

そのついでに、緋流の方でも何人かにキースを紹介していった。

同じトリアドール卿の補佐官であり、相方ということで、誰かに紹介するたび、この男に対する自分の責任が増すようで、ちょっと気が重い。

緋流にしても、もちろん最初は先輩の補佐官からいろいろと指導を仰いだわけだし、自分もきっちりと仕事を教え、事務的なつきあいができればいいだけだ、とは思うのだが。

ただ、狙撃手であるという男に事務仕事ができそうなイメージがない。フォローする手間がかかりそうだ。

「さすがに堅苦しそうだな…」


ほんの二、三人に挨拶しただけで、キースが喉元を緩《ゆる》め、うんざりしたようなため息をもらす。

……まだ何も、始まってもいないというのに。

「おまえ、どうして補佐官になった？」

個人的な興味などなかったが、さすがに緋流は尋ねていた。あからさまではないにしても、いくぶん皮肉な調子になるのは否《いな》めない。

「そりゃ、推薦があったからだな」

あっさりとキースが答える。

それはもちろん、そうだ。通常補佐官には、ナインの誰かの推薦が必要になる。自ら目をつけて引き抜く場合もあれば、目立った功績があってナインたちの話題に上がる場合もあるし、補佐官の方から誰を呼びたい、という提案をしてナインが了承する、という形もある。

「ローズマダー卿のか？」

警護課の所属ならば、そのトップになるナインからの推薦が基本だ。必ずしも、自分の補佐官に推挙、任命するわけではなく、他のナインの補佐官へ、という場合も多い。補佐官にしても、とりわけ将来のナイン候補ともなれば、何人ものナインの補佐官を歴任していく流れがある。

「いや、カーマイン卿」

一瞬、緋流は言葉をなくす。正直、予想外だった。

序列のないスカーレット・ナインだが、それでもあえて筆頭を上げるとすると、やはり国王付きのカーマイン卿になる。それだけ発言力もあるし、重く見られている。

そのカーマイン卿がわざわざ他の課の一護衛官を推挙するのは、やはり異例な気がした。

「カーマイン卿と…、何か接点があったのか？」

「前に一度、国王の警護に当たったことがある。先代と先々代の時に一度ずつな」

無意識に息を詰めて尋ねた緋流に、キースは何でもないようにさらりと答える。

「陛下」

が、引っかかった言葉遣いを、緋流は厳しく指摘した。

国民が無責任な噂話をしているのではないのだ。

「国王陛下」

ちらっと苦笑して、キースが言い直す。

いかにも、仕方ないな、と言いたげなその様子に、少しいらだつとともに、やはり違和感を覚えてしまう。

王室護衛官は、その名の通り、王室を守るために存在する。王家への忠誠は基本であり、本質だ。

もちろん、創立当初のように命がけで、というほどの意識が護衛官全員にあるとは思っていないが、少なくともナインや補佐官であれば、そのくらいの敬意は必要だ。

こんな男を……カーマイン卿が能力を認めた、ということだろうか？

通常の警護でことさら目立つ働きがあったとも思えないが、緋流の知らない――表沙汰になっていない、何かの事柄を処理した、という可能性はある。

キースは緋流と同い年の二十八歳らしいが、高校を卒業した段階で入隊したようだった。そういう意味では先輩になり、緋流よりもキャリアは長い。ただ士官学校を出た緋流の方が階級は上で、補佐官のほとんどはやはり士官学校を経ている。もちろん、一兵卒からたたき上げの人間がいないわけではなかったが。結局は能力次第なのだ。

「補佐官をやりたかったのか？」

たとえ名指しで推薦があったにせよ、断るという選択は自由にあった。「狙撃手」という特殊な技能があればなおさらだし、この様子では本人がやりたがっているようには見えない。

そもそも補佐官は、事前に希望のある者から選ぶのが通例だ。

「ま、一度くらいやっておくのもいいかと思ってな」

それにあっさりと肩をすくめてキースが言った。

腰掛けみたいな言われ方に、さすがにムッとする。補佐官はそんな「一度くらい」のような軽い気持ちでやる仕事でも、できる仕事でもない。

カーマイン卿は、いったいこの男のどこを見込んだのだろう……？

尊敬に値《あたい》する上官ではあったが、さすがに疑問だった。

「そんな顔をするな。言い方が悪かった」

そんな緋流の表情を読んだのか――そもそも感情

があまり顔に出ない緋流なので、気づかれることは少なかったが、よほどむっつりとした顔をしていたらしい。キースがちょっと困った顔で軽くうなじのあたりを掻く。

「自分で経験しておくと、補佐官の仕事への理解が深まるということだ。将来的に現場にもどってからも、上からの指示の狙いや、連携がやりやすくなる」

まあ、そう言われると、少しは納得できる。

らしくもなくちょっと感情的だったか、と緋流は小さく息をついた。

「では、現場にもどるつもりなのか？」

このまま他の補佐官や、ナインを目指すわけでもなく。

「事務官向きじゃないのはわかっている。だが、今回は特別だ」

「特別？」

「トリアドール卿の補佐官だからな。あんたの相棒になれる」

ちらっと緋流の顔を見て意味ありげに笑った男に、緋流はことさら冷たい視線を返した。

冗談ならばしつこすぎるし、単なる職場の、先輩補佐官へ懐《なつ》いているアピールならめんどくさい。緋流に対してはマイナスにしかならない。

「そういうのはいい。ともかく、最初は規定の仕事を覚えて――」

冷ややかに緋流が言いかけた時だった。

「エルウィン」

ふいに呼びかけられた声に、ハッと緋流は視線を向ける。

中庭を囲む回廊を抜け、奥の建物へ入ろうとしたところだった。覚えのある顔が、ちょうど向かおうとしていた扉から出てきたのが視界に入る。

「ああ…、いや、緋流。ひさしぶりだね」

思い出したように名前を呼び直し、いくぶん気遣わしげな笑みで近づいてきたのは、五十前後の少しばかり頭が淋しくなり始めた男だった。きっちりとしたスーツ姿。護衛官ではないとわかる。

「ご無沙汰しています、ロバート。こちらへは仕事ですか?」

一瞬、言葉に詰まったものの、足を止め、きっちりと緋流も挨拶を返す。

「ああ、カーマイン卿に少しご相談をね」

うなずいてから、わずかに目をすがめるように緋流を眺める。

「元気そうだな。君の活躍はよく耳にするよ。私も誇らしい」

「ありがとうございます」

淡々と礼を述べた緋流にうなずき、男がキースに視線を向けた。

「見ない顔だね」

やはり政府機関の人間なだけに、そのくらいの認識はあるようだ。

正直なところ、どちらに対してもわざわざ紹介したい相手ではなかったが、仕方がない。

「キース・クレイヴです。今度、新しくトリアドール卿の補佐官に任命されました」

ああ…、と男が大きくうなずく。欠員が出ていたことは知っていたのだろう。

「そうか。緋流をよろしく頼むよ」

やわらかな笑みで握手を求められ、キースも、どうも、と右手を差し出しながら、さすがに怪訝そうな視線を緋流によこす。

単なる知り合いの言葉ではない。

「ロバート・オーランシュ卿だ。内務省に勤めておられる」

「オーランシュ……？」

緋流の紹介に、ふっと気づいたようにキースがつぶやいた。

そう、緋流と同じ姓だ。

「母の夫…、私の父だよ」

ことさら感情もなく、緋流は言った。

なるほど、と内心で納得したのか、キースはそれについて何も口にせず、ただ、よろしく、とだけ挨拶を交わす。

緋流の家庭環境――いや、緋流の出生自体、スペンサーの貴族社会ではちょっとしたスキャンダルであり、三十年近く昔のことにしても、いまだに人の口に上ることは多い。とりわけ、緋流のいないところでは、だ。キースが予備知識として、誰かから教えられていたとしても不思議はない。


ロバートは法律上、母の夫の立場にある男だった。そして書類上、緋流の実父でもある。

緋流の母は伯爵家の一人娘だったが、三十年ほど前に日本人留学生と恋に落ちた。しかし厳格だった祖母は外国の、しかも東洋人相手に結婚を許さず、二人を無理やり引き離した。

祖母自身、伯爵家の一人娘であり、支配的な性格で、家の存続に命をかけていた。いや、今もそうなのだろう。名門の家系を、きれいな血のまま次の世代へ渡すことを自分の使命だと信じている人だった。

名門の貴族だ。当時、すでに夫を亡くしていた祖母は女伯爵の身分を持ち、政府筋にも強いツテがあって、どうやら父のことも国外退去に近い形で国から追い払ったらしい。

ロバートは名門貴族の三男坊で、爵位が継げるわけではなく、婿入りさせるにはうってつけだった。

まじめで野心的でもなく、自己主張も強くない。母より三つほど年上で、昔から社交界でのつきあいもあり、祖母にとっては扱いやすい男だと思ったのだろう。母の妊娠を知ってあわてて結婚させたわけだが、緋流の父親と言い繕《つくろ》うには、緋流の外見が違いすぎた。

そして緋流が生まれたあとも、母はロバートを拒んだ。彼を嫌ったわけではなく、夫という存在そのものを拒絶したのだ。

結局、ロバートが婚家の屋敷で一緒に暮らしたのは、一年に満たなかっただろう。

祖母としては、「正しい血統」の孫が欲しかったはずだ。しかしもくろみが外れ、祖母はロバートをあっさりと追い出した。とはいえ、離婚は外聞が悪く、そもそもロバートには何の落ち度もなく、仕事上の都合、という名目で、ロバートを職場近くに一人暮らしさせたのだ。

さっさと離婚して、新しい妻を迎えた方が彼にとっては幸せなはずだが、ロバートは今でも時折、母に会いに屋敷にもどっているようだった。体面を保つためというわけでもなく、どうやら彼は以前から母に思いを寄せていたようだ。結婚は祖母が独断的に進めたものだったが、緋流が以前、なぜ離婚しないのかと尋ねた時、ぽつりとつぶやくように言っていた。

『こんなことでもなければ、私が彼女と結婚することなどとてもできなかっただろうね。私には高嶺《たかね》の花の女性だったから』

母とはおそらく、プラトニックなままだと思うが、今では友人のように母を見舞い、いい話し相手になっているらしい。

ロバートは緋流に対して常に優しかったが、やはり彼にとっても息子というよりも、愛する人の子供、という感覚なのだろう。

内務官僚であるロバートは、仕事の関係で時折、王宮を訪れる用があるようだった。おたがいに伯爵邸で顔を合わせることを避けているせいもあり、社交界のつきあいに顔を出すこともほとんどなく、こうして王宮や官邸でふいに出会うことが残された夕イミングになる。とはいえ、それも年に数回というところだ。

その偶然が、今日訪れたようだ。

「エレインには…、しばらく会ってないのかな？君に会いたがっていたようだが」

ロバートがいくぶん言葉を選ぶように言った。

「そろそろ訪ねる予定です。母に会われたのですか？」

「おとといね。このところ、体調もいいようだった」

母への訪問は今も続いているらしい。おそらく月に一度という緋流よりも遥《はる》かに多く、少しばかり後ろめたい気持ちになる。

「そうですか…。よかったです」

そんな緋流の気持ちを察したのか、ロバートが何気ないように話を変えた。

「ああ…、君もいそがしい身だったね。足を止めさせて申し訳なかった。今度、食事でもどうかな」

「ええ。仕事が落ち着きましたら」

こんなふうに偶然出会った時、よく口にする社交辞令だ。おたがいにわかっており、その約束が果たされたことはいまだかつてない。

「よければ君も一緒に、キース」

それこそお愛想なのだろう、礼儀正しく誘ったロバートの言葉に、ぜひ、とキースがいくぶん強くうなずく。……まさか本気にとってはいないだろうが。

この三人でテーブルを囲んだところで、楽しい話題になるはずがない。

ではまた、と短い挨拶で別れ、再び奥へと歩みを進めた。

「彼が今のオーランシュ伯爵なのか？」

キースがちらっと肩越しに振り返るようにして聞いてくる。

遠慮がないと言えるが、内心でいろいろと憶測されるよりはマシだ。

「いや、ロバートは娘婿だからな。伯爵位は祖母が死守している。祖母が死んで、私が譲《ゆず》り受けるまではな」

知らず冷淡な、皮肉な口調になってしまう。

緋流が生まれた時から、祖母は緋流を憎んでいた。いや、生まれる前からだろう。血がつながっているからこそよけいに、なのかもしれない。老い先の短い自分が死ねば、自動的に爵位が緋流のものになるということに、祖母は今、歯ぎしりしているはずだった。気位が高く、爵位と家名に対して妄執というくらいの誇りを持っている人だ。

緋流にしてみれば、そんな爵位など犬に食わせればいい、という感覚でしかなく、実際、その言葉を祖母に投げつけたこともある。継承したとしても、伯爵家は自分の代で終わらせる、ときっぱり宣言していた。

実家で病気療養している母の存在がなければ、今すぐにでも家と名前を捨ててもよかったのだ。

幼い頃から護衛隊を目標に定め、将来の「ナイン」を目指しているのは、自分の力で「騎士」の、貴族の称号を得るためでもある。生まれも血筋も関係ない。ただ自分の実力で。

それを示したかった。

「なるほど。未来の伯爵様か……」

だから、キースのそんな揶揄《やゆ》するようなつぶやきに、緋流は一瞬、喉元まで理不尽な怒りがこみ上げる。

誰もそんなものは望んでいない！

——と。

「ま、どこに生まれてても、あんたは誇り高く……、気が強そうだけどな。落とし甲斐がある」

しかし何気なく、小さく喉を鳴らすようにして続けた言葉に、緋流は思わずキースの横顔を見つめていた。

——どこに、生まれても……？

まともに聞けば腹立たしいような言いぐさだったが、なぜかふっと、ささくれだった気持ちが摘み取られたような感覚だった。ちょっとした困惑、にも似た感じ。

自分のどこを見て、とも思うが、考えてみれば、自尊心が強く気も強い、というのは一般的な緋流のイメージなのかもしれない。多かれ少なかれつきあいのあるナインや補佐官たちの間では、もう少し違った印象があるのかもしれないが、遠くから見ているだけならば愛想もなく、偉そうでとっつきにくいのだろう。貴族の肩書きがあれば、なおさらだ。

褒《ほ》め言葉とも思えないが、……小さく笑ったキースの口調、だろうか？　どこかやわらかで、何かうれしそうにも感じて、少しとまどってしまう。

いや、それがこの男のおかしな性癖《せいへき》ならば、用心するべきだろう。落とされるつもりはまったくなかったけれど。

「緋流」

と、いつの間にか国王一家のプライベートな空間へと入りこんでいた。

近づいた緋流たちに気づいたのだろう。廊下の少し先から声をかけられて、緋流は気持ちを引き締める。

その男が立っていたのは、メインの居間に通じる大きな扉の前だ。扉は開きっぱなしで、真正面には広いテラス越しに広大な芝生の庭が美しく眺められる。中からは子供たちの無邪気にはしゃぐ声が廊下まで響いていた。

声をかけてきたのは、先ほどのミーティングでも名前の挙がっていたアイリーン王女付きの護衛官、イアン・ロデリック大尉だった。

緋流より一つ年上の二十九歳で、スタンが評していたように質実剛健なタイプの男だ。二十一歳のアイリーン王女とは八つ年が離れているが、どちらかと言えば、王女がおもしろがって振りまわしている感じがある。

かといって堅苦しいだけでもなく、人の冗談にもつきあうし、人当たりもいい。つまり、緋流よりも社会性、社交性がある、ということだ。

室内ではちょうど家族団らん中らしく、イアンは気を遣って席を外している、という状況だろうか。

「お疲れ様です」

目が合って、緋流は短く挨拶する。

「キース？」

ほとんど同時に、イアンが緋流の連れを見て怪訝そうに小さく首をひねった。

同じ警護課の所属だけに、顔は知っていたらしい。だが補佐官に就任したことは知らなかったようで、どうしてこんなところに？　という意味だろう。

「今日付でトリアドール卿の補佐官になった」

「えっ、本当か？」

あっさりと自分で告げたキースに、やはり予想外だったらしく、イアンが大きく目を見開いた。そして確認するように、緋流を見る。

緋流はそれにうなずいて返した。

「それは…、意外だったな。おまえの推薦なのか？　緋流」

「まさか。存在すら知らなかった」

聞かれて、正直、心外でもあり、バッサリと答えた緋流に、ひどいな、とキースが小さくうなる。

あ、と思いついたようにイアンがわずかに声を潜《ひそ》めた。

「もしかして例の…、陛下への暗殺予告への対応なのか？」

うかがうように小声で聞かれ、緋流もハッとした。いたずらレベルだろうと、それほど深刻なものとは認識していなかったが、警戒のための措置だったのだろうか？　事務官ではなく、現場の人間を王族の近くに配置しようという。

「そうだったのか？」

思わず緋流はキースに確認する。

だとすれば、この男が送られたのも納得できる――反面、その意図が知らされていなかったことに忸怩《じくじ》たる思いがある。

「いや、そういうわけじゃない」

キースが少しあわてたように手を振った。

「ナインにもそんな意図はないはずだ。深読みするな。俺は…、次の補佐官が決まるまでのつなぎだと思ってくれていい」

苦笑いで言われ、ああ…、とイアンがうなずいた。

緋流にしても、確かに「つなぎ」だと考えれば、まあ、この男でもいいか、という気はした。

他に有望な候補がいるのだが、今の職務の引き継ぎか何かの問題でまだ異動に少し時間がかかるため、その間、キースが席を温めている、とかいうことであれば、この人事にもまだ納得はできる。

そういえばキースは出向先からもどってきたところのようだし、こちらで継続する任務もなく、ちょうど身体が空いていたということかもしれない。

「まあ、俺としてはこのチャンスをモノにして実力を認めてもらい、このまま補佐官として居座る気持ちは満々だけどな」

「実力ね…。見せてもらいたいものだな」

本気か冗談なのか、にやりと笑って言われ、緋流は小さく鼻を鳴らした。

「補佐官がライフルぶっ放す機会は少ないと思うぞ」

イアンも苦笑すると、どうぞ、とうながすように片手で居間の中を示した。

「あら、緋流」

失礼いたします、と口にして中へ足を踏み入れた緋流に、いくぶんお行儀悪くソファの上に足を上げていたアイリーン王女が振り向いた。きれいな指先にはチョコチップのクッキーが摘まみ上げられている。

向かいのソファに腰を下ろしていた王妃も、ご苦労様、と優雅な微笑《ほほえ》みを見せた。

その横で、小学校の宿題だろうか？　作文を書いていたらしいテレサ王女が、あわてて母の腕にしがみつくようにして顔を隠す。足下の床で車のオモチャで遊んでいたまだ五つのリオン王子も、ドレスの陰からこっそりと緋流をうかがった。

いつものこととはいえ、緋流はそっとため息をついた。

この小さな子供たちにあまり懐かれていないのはわかっていたが、自分の役目を考えるとちょっと問題だと思う。アイリーン王女や、上の二人の王子とは問題なくやっているのだが、正直、子供の扱いは苦手だった。どう接していいのかわからない。

　現国王は先代だった兄よりもずっと早くに結婚し、子供も多い。王妃は学友の妹であり、その縁で知り合ったようだ。生まれた時から王太子だった兄と比べて、ずっと自由で気楽だったのかもしれない。が、その兄の死で、いきなり大きな責任がまわってきたわけだ。

　突然の立場の変化だったが、王も王妃もよく勉強し、政務に努めている。それをフォローするのが、緋流たちの役目でもある。

「ご歓談中に申し訳ありません。新任の補佐官を紹介させていただければと」

　気を取り直し、静かに緋流は口にした。

　ああ、とうなずき、王女たちの視線がすぐ後ろから入って来たキースに注がれる。

「キース・クレイヴです。よろしくお願いします」

　短く挨拶すると、キースが護衛隊特有の胸に手を当てる礼をとる。

「あら…、いい男」

　アイリーン王女が値踏みするようにキースの頭のてっぺんからつま先まで眺めてから、今にも口笛を吹きそうな楽しげな口調で言った。

「王室護衛官にしては野性的なタイプね」

「褒め言葉と受け取っておきます。光栄ですよ、アイリーン王女殿下」

　それにキースがいかにもな調子でにっこりと笑って一礼する。

　あまりにラフなやりとりに、緋流は内心で苦々しくも思うが、王女の方がこれでは小言《こごと》の言いようもない。

　ほんの数年前まで、将来自分がスペンサーの女王になるなどということは想定外であり、自由闊達《かったつ》に生きてきたのだ。ふだんから感覚的には普通の女子大生だった。そこが魅力でもあり、国民の人気が高いところでもある。とはいえ次期女王の自覚はあるようで、オンオフの切り替えはうまい。

「これ、はしたないですよ」

　しかしさすがに王妃が軽く叱り、そしてきちんとキースに向き直った。

「いろいろとお世話をおかけすると思いますけれど、よろしくお願いしますね、キース」

「精いっぱい勤めさせていただきます」

　さすがにこちらには、キースも丁重に返している。

　そして母の脇に隠れながらも興味津々に顔を出している小さな王女を、キースがわずかに身を屈めてひょいとのぞきこんだ。

「初めまして、姫君。髪のリボンが可愛いですね」

「そうなの！　お母様にもらったのっ」

　褒められて、八歳の少女がパッと顔を輝かせた。うれしそうに声を弾ませる。

「私の昔のスカーフを作り直してみたのよ」

　娘の髪を撫でながら、王妃が静かに微笑んだ。

　おっとりとした性格の王妃はふだんから派手な生活を好まず、質素倹約を旨としているようで、王族付きとしてはありがたい。手芸が得意で、料理などもたまに自分の手で作っているのだ。

　なるほど、王女が髪を結《ゆ》わえているのは、蝶《ちょう》が羽を広げたような大柄なリボンだ。

　目につかなかったわけではないが、ことさら言及しようという感覚がなかった緋流としては、ちょっと目から鱗《うろこ》が落ちる感じだ。

　思わずじっと見つめてしまった緋流に気づき、王女があわててまた王妃の脇に隠れてしまう。

やっぱり嫌われているのだろうか、とさすがに肩を落としそうになった緋流をちらっと振り返り、キースが小さく笑った。

「ああ…、緋流はきれいだから、ちょっと近寄りがたいんだよな」

そんなふうに笑いかけると、王女が恥ずかしそうに顔を赤くする。

「そうね。今度、緋流にダンスの稽古でお相手をしてもらいたいのでしょう？　今、頼んでみたらどうかしら、テレサ？」

優しく王妃が横から声をかけるが、ますます隠れるようにして出てこない。

そんな理由なのか？　と困惑するが、……まあ、嫌われていないのならありがたい。

「私でよろしければ、テレサ王女」

静かに伝えた緋流に、王女は背中を向けてソファへ顔を埋めてしまった。

「ちょっとは笑ってやれ。――おっと…」

向き直って苦笑いしながら緋流の肩をたたいたキースの足に、小さな身体をぶつけるようにリオン王子が絡みついた。キースが腕を伸ばして王子を抱き上げ、一気に肩の上まで乗せる。

ワーッ！　と歓声を上げて王子が大きな笑顔を弾けさせた。

そんなキースの様子に、すごいな、と緋流は素直に感心する。やはり少し、悔しくはあるが。

子供に懐かれるというのは緋流にはないスキルで、「王族付き」の役目としてはキースにも適性があるのを認めざるを得ない。

ともあれ、緋流としては自分にできる仕事を進めるだけだ。

「陛下、殿下、申し訳ありませんが、またのちほど、来月のヴィオレットの件でご相談させていただければと思うのですが」

向き直って事務的に言った緋流に、王妃がうなずく。

「そうね。もう来月ですものね」

「ああ…、しばらく立て続けに何やかやと行事があるのよねー。月末はピクニックでしょ」

いくぶんうんざりしたようにアイリーン王女がため息をつく。

――あ、と思い出した。

「そういえば、アイリーン王女。ロデリック大尉とのゴシップが少しメディアを騒がせているようですが、そちらの真偽の方をおうかがいしてよろしいですか?」

「おい、緋流……」

まっすぐに尋ねた緋流に、後ろからあせったようにイアンが声を上げる。

あらあら…、と王妃が上品に口元に手をやり、キャハハハッ、と王女が笑い出した。

「デリカシーがないわよ、緋流。そういうデリケートな話題は、もうちょっとオブラートに包んで発言しなきゃ」

ソファの背もたれに倒れる勢いで笑いながら、王女が指摘した。

「申し訳ありません。ですが、こちらのマスコミ対応もありますので」

アイリーン王女は年齢的にも成熟しているので、子供たちよりはずっとつきあいやすい。

「んー、イアンとそういう関係ではないけど、そういう関係だと匂わせたいところはあるのよね」

王女がテーブルのコーヒーに手を伸ばしながらちょっと考えるように言った。

「ほら、最近ちょっと…、プレゼントだとか、パーティーのお誘いだとか、増えてきて面倒なのよ。牽制したいというのもあって」

「まぁ…、そうなの？　アイリーン」

王妃が少し驚いたように目を丸くしている。

「とりわけあちこちの貴族のご子弟からね。ああ、どこかの御曹司とか、若き実業家とかも。大学まで来て、私の友達を巻きこんでパーティーを開こうとしたり、クルーズに誘ってきたり」

なるほど、アイリーン王女が次期女王だということは確定しており、それとともに未来の「夫君」がクローズアップされ、その座をめぐっていろんな駆け引きがすでに水面下では繰り広げられているのかもしれない。とりわけ貴族たちの間では、なのかもしれないが、社交界から距離を置いている緋流の耳にはまったく入っていなかった。

だから王女は、少し噂になるくらいに、わざとメディアの前でイアンと一緒の姿を見せているということのようだ。わざわざイアンをヴィオレットのパートナーに選んだのも、そういうことなのだろう。

「そうね…、でも緋流とだったら考えてもいいかしら？　家柄としても申し分ないし、美男美女のカップルだし？　ロイヤル・ウエディングも絵になるわよー」

いかにも意味ありげに、そして楽しげに、わずかに身を乗り出して王女が言う。

自分で堂々と言うあたりが、まったく本気とは思えないが。

と、キースが口を挟んだ。

「いや、今のご時世、一般人相手の方が国民のウケはいいですよ。王女のお相手なら、逆玉になるんでしょうけど」

「ああ…、確かにトレンドとしてはそうかもね」

足を組み、ふむ、とうなずいた王女に、王妃がため息をつく。

「トレンドの問題ではないでしょう。もっと真剣に考えないと」

「そういう意味では、確かにイアンくらいだとちょうどいいのかもしれないですね。護衛官と王女なら物語としてもきれいで、若い女の子が喜びそうだ。護衛官への応募も増えるかもしれない。優秀な人材が集まれば人事も喜ぶ」

キースが王子を肩から降ろしながら続けた。

「おい、キーーース！　ちょうどいいとはなんだ」

後ろからイアンがあきれたような声を上げる。

「いずれにしてもこの先、メディアからそういった質問が増えると思いますので、そちらの対応もご相談できればと。ヴィオレットやピクニックでは、とりあえず無視する方向での対応になりますが」

「はぁい。恋多き女、みたいに言われないように気をつけるわ」

緋流の言葉に、こほん、と咳払いして、王女が澄まして答える。

「賑やかだね」

と、ふいに背中から届いた声に、ハッと緋流は背筋を伸ばした。反射的に振り返って、同時に壁際へと一歩下がって礼をとる。

スペンサー国王アルフレッド三世だ。

長らく継承権が二位だったとはいえ、兄に子供ができれば順位も下がるはずだったわけで、王位が自分にまわってくるとは思ってもいなかったようだ。

幼い頃から王太子としての自覚と責任感のあった先代と違って、四十を過ぎるまでのんびりと好きなことをやっていた。ヴァイオリンが趣味で、歴史研究がライフワーク。兄の死後、めまぐるしく王位について、その激務のせいもあったのだろう、一時期はかなり体重を落としていた。だがそれもようやく少しもどってきたようだ。落ち着きとともに、このところ風格も見られるようになった。やはり地位が人を作るというところはあるのだろう。

王妃が二十歳になるのを待って結婚し、すでに二十年ほどだ。いまだに夫婦仲はよく、子煩悩《こぼんのう》でもあり、いそがしい執務の合間に家族の元へ顔を見に帰ってきたらしい。

「父様《とうさま》っ！」

小さな王子がパタパタッと走って抱きついている。

「リオン」

息子を抱き上げた大きな笑顔が、まわりを見まわしてふっと一瞬、固まった。

「おまえは……」

視線がキースで固定され、小さくつぶやくような声がもれた。

やはり見知らぬ男を不審に思ったのだろうか。にしても、緋流たちもいるわけだから、そんなに驚く必要もないと思うが。

「キース・クレイヴと申します。本日よりトリアドール卿の補佐官に就任いたしました。今後、王妃様、殿下方のお世話をさせていただきます」

キースがまっすぐに王に向き直り、型通りの挨拶をした。

「ああ…」

王が息を吸いこむようにしてうなずく。

「そうか。よろしく頼むよ」

王の静かな言葉に、はい、とキースがうなずく。

キースたちの担当範囲は国王以外の王族ではあるが、やはり国王との関わりも多い。一緒に顔合わせができて好都合だった。

ではまたのちほど、と緋流たちはいったん部屋をあとにする。

それぞれにいそがしい家族の憩《いこ》いの時間なのだろう。邪魔するのは避けたい。

「少しは心構えができたか？」

クリムゾン・ホールへもどりながら、緋流はふと横を歩くキースに尋ねた。

子供たちともうまくやれそうだし、少しは忠誠心のようなものが芽生えただろうか、と。

「心構え？」

しかしキースがわずかに首をかしげる。

「護衛官は命がけで王家を守る。補佐官ならばなおさらだ」

ぴしゃりと言った緋流に、キースは肩をすくめた。

「別に命がけで守るほどの存在じゃないだろう」

あっさりと言い放たれて、一瞬、緋流は言葉を失う。

「おまえ…、それは護衛官の基本だろう…！」

思わず声を荒らげていた。入隊の時、宣誓もしたはずだ。

王室護衛隊は王家のために存在する。王家を守るために。

護衛官は王を、そして王族を守るために命をかける——。

「中世の昔とは違う。本当に命をかけられても、王族としても困るんじゃないのか」

混ぜ返すように言われて、緋流は知らず拳を握りしめた。低く震える声を絞り出す。

「では、王子殿下たちが危険な状況でも、命がけで守るつもりはないと？」

「王家の人間じゃなければ守らないのか？」

まともに聞き返されて、思わず言葉に詰まった。

もちろん、王家の人間でなくとも守るだろう。だがそれは、答えをはぐらかしているのと同じだ。

「あんたも王族を守るために護衛官になったわけじゃないんだろう？」

何でもないように言われ、緋流は思わず息を呑《の》んだ。

この仕事に誇りを持っている。だが、自分が護衛官になったのは――。

ふいにズキリと背中の傷が痛んだ気がした。

……そう。結局、祖母に対する当てつけでしかないのかもしれない。

口ではたいそうなことを言いながら、そんな醜《みにく》い自分の本性が暴《あば》かれたようで、緋流はきつく唇を噛む。

「たとえ…、そうだとしても、王家を守るために私はここにいる」

きっぱりと、にらみつけるように低く返した緋流に、キースがどこか複雑な表情でつぶやいた。

「王家ね……」

◇　◇

視線を向けられることには慣れていた。

緋流は基本的に事務方であり、護衛官としてはさほど表には出ていなかったが、それでも何かの儀式や式典などでは王族のそばで警護に当たることもある。個体識別されていなくても、緋色のマントを羽織っていればスカーレットだということは明らかなので、パレードや何かでは沿道から無数の視線にさらされることにもなる。

そうでなくとも、幼い頃から好奇の目は感じていた。伯爵家の嫡子として、寄宿制のプレップスクールからパブリックスクールへと進んだが、毛並みのいい名門の子弟が多い中、やはり東洋の血が混じったエキゾチックな容姿は目立っていた。

長い経験から緋流はそんな視線を黙殺することを覚えていたし、正直、どうでもよかった。

スッ…と腕を伸ばし、前方の標的を見つめる。意識を集中して、引き金を引く。

銃口が火を噴《ふ》き、9ミリのパラベラム弾があっという間に撃ちつくされた。

イヤーマフをしていても、轟音《ごうおん》が耳の奥に鈍く反響する。腕に伝わる重い振動に、少しだけ心の中で渦を巻いていた暗い塊《かたまり》を吐き出せた気がした。

脇のテーブルに銃を置き、空になったマガジンを引き抜く。そっと息を吐き出してからイヤーマフとゴーグルを外すと、何気なく背後を振り返った。

一段だけ高くなった後ろの通路に立っていた男とまともに目が合う。

誰かが見ていることはわかっていたが、まさかこの男だとは思わず、つい目をすがめた。

この五日間、毎日顔をつきあわせていた男だ。「指導」の必要上、普通の同僚以上に一緒にいた時間は長かった。休日にまで見たい顔ではない。

それにしても、こんな街中の射撃場などで会うのは単なる偶然なのか、それとも……まさか、自分をつけてきたのだろうか？

「何の用だ？」

内心で警戒しながらも視線を正面にもどすと、無感情に背中で尋ねる。

後ろからふらりとキースが近づいてくる気配があ

った。銃と弾丸の入ったプラスチックケースを片手にぶら下げている。

「荒れているようだな」

隣のレンジのテーブルにそれをのせながら、小さく笑ってさらりと言った言葉に、緋流はわずかに目を見開いた。

もともと機嫌がいい時でも悪い時でも、感情が顔に出ることは少ない緋流だ。東洋の神秘というよりも、むしろ淡々とした無表情で、お高くとまっている、と陰口をたたかれることも多かった。

それだけに見透かされたのが意外でもあり、少し不愉快でもある。

確かに、気持ちが高ぶっていたのだろう。身体の奥で淀んでいた、怒りがまだ冷えていない。

土曜の夕方だった。

スペンサーでも観光シーズンの始まった心地よい春先で、こんな日にわざわざ屋内の射撃場へ来る人間は少ないのだろう。設備も銃の種類も整った施設だったが、他にはもう二人ほどが離れたレンジにいるだけだ。

護衛隊は、警護課以外は、基本的に土日は休みになる。ふた月に一度ずつ、クリムゾン・ホールでの「待機」の当番と官舎での「準待機」の当番がまわってくるくらいだ。あとは月に二回程度の夜番。現実的には残業も多かったし、行事が立て込むと休みどころではないのだが、緋流は貴重な休日を自分の部屋で過ごすか、自主的な訓練をしていることがほとんどだった。

だが今日は、実家を訪れていた。月に一度、と自分に課した義務のように決めている予定だ。

八歳で寄宿舎へ入るまで、生まれ育った実家——母の生家であるオーランシュ伯爵家には、暗く、息苦しく、忘れたい記憶しかない。

恋人と引き離され、母は実家へ連れもどされたが、妊娠がわかったのはそのあとのことだ。

祖母はあわてて家柄のいい男——ロバートだ——を見繕って結婚させたが、やはり髪の色、目の色と、生まれてきた緋流は明らかに実父の血を受け継いでいた。

顔立ちは母親に似ていたが、しかし誇り高い祖母としては身分も何もない卑《いや》しい、東洋人の血が入った孫を愛することはできなかったらしい。教育、あるいは躾《しつけ》の名の下で、幼い頃から緋流への体罰は激しかった。泣いては頬《ほお》をぶたれ、口答えや言い訳をするたび、鞭《むち》で打たれていた。近代的な児童保護の精神など、旧態依然としたあの屋敷では存在しなかった。

その痕《あと》は、今でも背中に醜く残っている。


当然、子供の頃は悲しかったし、つらかったし、何よりもどうして？　という思いが強かった。

どうしてこんな目にあわされるのか。どうして愛してもらえないのか。自分の何が悪いのか。

痛みと悲しみと、そんな疑問でいっぱいだった。

祖母の命令通り自分がきちんとできないからか、自分が伯爵家にふさわしくないからか。

幼い頃は母や祖母とは違う姿で生まれた自分のせいかと悩んだが、成長するにつれてだんだんとその理不尽さに気づき始めた。

伯爵家に未練などなかったし、すぐにでも家を飛び出してしまいたかったが、それができなかったのは、やはり母の存在があったからだ。

愛した男と引き離され、自分の意思もなく適当な男と強引に結婚させられて、母は精神的に不安定な状態になっていた。もともと身体が弱かったこともあって、ほとんどベッドから出ることもできなくなっていたのだ。

緋流という名前は、母が唯一、祖母に対して意思を通してつけたようだが、その息子のことも、体調がよければ思い出す、というくらいだった。それでも、もし緋流がいなくなったら本当に壊れてしまうのではないかと思うと、さすがに逃げ出すことはできなかった。

祖母としては、娘と正式な夫との間に子供ができれば、緋流の存在など抹殺してしまうつもりだったのだろう。しかしそんな状態の母が他に子供を持つことはできないままで、結局、緋流を嫡子とするしかなかった。祖母としては怒りと屈辱でいっぱいだろうが、結局のところ、その祖母の血を受け継いでいるのは緋流しかいないのだ。

緋流にとって、祖母に抵抗するには勉強するしかなかった。勉強だけでなく、体力的にも政治的にも力をつけることだ。そのために、王室護衛官を目指した。

家の「恥」である緋流だったが、学校での成績はすばらしく、まわりからは「こんな優秀な跡取りがいらして安心ね」と、口をそろえて言われていた。祖母としては、表面上はマナー通りに礼を言っていたが、内心では相当に小憎たらしく思っていただろう。

「仮にもオーランシュの嫡子なら、当然のことですよ。そんなことでいい気にならないことね」

引きつった表情で言い放った祖母を、緋流は冷笑した。おそらく、緋流を罰する材料がなくなっていることに、いらだってもいたのだろう。

結局のところ、祖母の緋流への虐待は、娘が自分の思い通りにならなかったことへの八つ当たりにすぎない。

王室護衛官――という存在を知ったのがいくつの時だったのか、はっきりとは覚えていない。

六つか七つ、まだ幼い頃だ。

しかしその時に、目の前が大きく開けた気がした。はっきりと未来が見えた。

必ず護衛官になる。そして必ず、スカーレット・ナインの一人になる――。

そう決意した。

ナインの一人になれば、「騎士」の称号を得ることができる。家とは関係なく、自分の力でそれを手に入れることができれば、自分の存在を祖母に認めさせることができる。そう思った。

そして今も、着実にその道を歩いている。

今日の午後、重い足取りで実家へ立ち寄った緋流は、いつものように母親を見舞い、それでも自分を認識していることに安心した。護衛官になった自分を母は喜んでおり、何気ない日々の仕事について話して聞かせた。

祖母は緋流を憎んではいたが、娘のことは祖母なりに愛していた。娘の人生をぶち壊したが、暴力を振るうようなことはなく、母の日常は一応、安定していた。

実家へ帰る用はそれだけしかなかったが、祖母は相変わらず傲慢《ごうまん》で、緋流を自分の支配下に置こうとしていた。すでに七十を過ぎた祖母だ。さすがに今では力も違い、緋流を鞭で躾《しつ》けることはできないと悟ったようだが、口うるさく、人脈も広く、発言力は社交界でもいまだに大きい。緋流のまわりからも圧力をかけてきていた。

仕事の関係で時々会うことのある官僚や議員たちからたまに娘を紹介されることがあったが、祖母の意向を受けてのことだろう。祖母の望む血筋のいい配偶者候補に対してアピールできるという意味では、緋流が王室護衛官になったことは、祖母にとっても喜ばしいことだったかもしれない。これまでも何度か勝手に婚約を決められ、その都度、緋流が相手方に断りに行っていた。

「わたくしに挨拶もないとは、ずいぶんと礼儀知らずだこと、エルウィン」

今日もさっさと帰ろうとした緋流を呼び止めた祖母は、見覚えのない若い女性と一緒だった。洗練された服や身につけているアクセサリーから、新しい侍女などではないとわかる。

「こちらはクリスタ・プロイス嬢。わたくしの従姉《いと》妹《こ》の娘なの。オーランシュの家ともつながりがあってね」

要するに、緋流の遠い親戚ということだ。

「あなたの婚約者ですよ」

そして臆面もなく言い切った祖母に、緋流はため息をついた。

「初めまして、クリスタですわ。お目にかかれて光栄です、エルウィン」

にっこりと女が微笑む。モデル体型の美しい女性で、自分に自信もあるのだろう。

なるほど、オーランシュの血筋の娘を緋流と結婚させれば、生まれてくる子供を純血に近づけることができる――と、そんな考えが透けて見える。今まで以上に、祖母は力を入れているようだ。

彼女の方も、どうやら祖母とは話がついているらしい。見も知らぬ男と結婚しようという感覚にはあきれるが、オーランシュの地位と財産がついてくるのなら、些細な問題なのだろうか。

「初めまして、クリスタ。私に婚約者がいたとは、寡聞《かぶん》にして知りませんでしたが。あなたも祖母の妄想につきあってやるのは大変ですね」

「妄想とは何です、エルウィン！」

あからさまな皮肉で返した緋流に、祖母がこめかみを怒りに震わせ、ぴしゃりと返す。

「何度もお断りしたはずですが？　私は結婚するつもりはありません。もしするとしても…、男性とですね」

ことさら微笑んで返した緋流に、祖母は大きく目を見開いて叫んだ。

「なんて…、なんて恥知らずなことをっ！」

「もう二十年近くも前に、我が国では同性婚が認められています。何の問題もないと思いますが？」

ナインの一人となり、自らの力で貴族に叙せられることと、もう一つ。

自分の代で、オーランシュ伯爵家を終わらせる。


子供じみた復讐なのかもしれない。だが緋流は、そのことを決めていた。

こんな家庭環境が影響したせいなのか、あるいは顔も知らない父親への思慕《しぼ》があったのか、緋流は昔から女性に対して性欲を覚えることはなかった。いや、そもそも恋愛というもの自体に、期待も憧れもなかった。結婚する気はなかったし、子供を作るつもりもない。

だからセックスも、生理的な欲求を発散するためだけの行為にすぎなかった。

「そんなことは…、絶対に許しませんよ！　あなたは自分の責任を何だと思っているの!?」

「お祖母様《ばあ》に許していただく必要はありません。法が許していますからね」

目を吊り上げて叫んだ祖母にそれだけ言い捨てると、緋流は、失礼、とだけ女に断り、さっさと家を出た。

背中からとても淑女とは思えない口汚い罵倒が飛んできたが、すべて無視する。

祖母の考えはわかっていた。気に入らない緋流ではなく、緋流の子供を自分の思い通りに育て、伯爵家の跡取りにしたいのだろう。少しでもオーランシュの血を浄化した上で。

祖母に対するいらだちと、母のために何もできない自分の無力さに、緋流はそのまま街へと出た。

端的に言えば、男をあさりに、だ。セックスに溺《おぼ》れて、すべてを忘れたかった。

実家を訪ねたあとは、たいていそんなふうに自堕落になってしまう。気持ちの切り替えのための必要悪だと割り切って。

そういう目的のために同類が集まる馴染みのバーはあったが、しかし酒を飲むにはまだ少し早い時間帯で、仕方なく会員になっているスポーツジムへ寄り道することにしたのだ。

地下にシューティング・レンジを備えており、今はジムやプールで身体を動かして健全な汗をかくよりも、がむしゃらにぶっ放したかった。

スペンサーは銃規制には厳しい方だが、それでも一定の条件をクリアすれば所持の許可は下りる。ただ、たいていは緋流のような護衛官か、軍人か、あるいは警察官だろう。

射撃場であれば、許可証がなくとも実弾射撃はできるが、銃の大きさや弾数に制限がある。このジムは会員制で公的機関と提携しており、緋流の立場なら身分証を示せば無制限に使用することができた。

もちろん護衛官専用の射撃練習場はあるが、見知った人間の中での訓練は少々わずらわしく、外でやる方が気楽だ。

……と思って来たのだが。

当然ながら、キースもいつもの軍服ではなく、ジーンズと、シャツの上にミリタリージャケットを羽織ったラフな格好だった。仕事中はそれでも上げていた前髪が無造作に乱れて落ち、とても護衛官には見えない。まあ、その雰囲気から普通の勤め人にも見えないが。

「気持ちが高ぶっている分、肩に力が入っているようだ」

キースが腕を組んでうそぶいたが、さっきの位置から緋流のターゲットが視認できたとは思えない。

緋流は無言のまま殴るようにボタンを押して、手元に標的を引きもどした。

ほとんどの弾が人型のターゲットの中心部分と頭部に集まっていた。スコアとして悪いわけではない。かなりいい方だ。

クリップから引き抜いて目の前に見せつけると、一瞥してキースがうなずいた。

「悪くない。気持ちが乱れていなければ、もっとよかっただろう」

さらりと言われて、さすがに少しムッとした。

実際に二つほど、少しだけそれた弾はあったが。

「俺が熱い目で見つめていたせいで手元が狂ったのなら、申し訳ない」

口元に小さな笑みを刻んで言われ、緋流は冷ややかに聞き返した。

「熱い目で見ていたのか？　気がつかなかったな」

「スーツ姿でぶっ放す後ろ姿にそそられたんでね」

すかした調子でキースが答える。

まあ確かに、専用の訓練場ならたいていは軍服だろうが、こうした民間の施設であれば軍人や護衛官でもラフな私服で訪れることが多い。

火薬も飛ぶし、射撃練習にスーツは不向きだが、実家からの帰りだったから仕方がなかった。しかし、硝煙《しょうえん》の匂いのするスーツで男を誘うのもかなり怪しいだろうな、と今さらに気づく。いや、むしろその匂いに気づく男の方が危険なのかもしれないが。

「自信があるようだな。ああ、おまえは狙撃手だったか」

男がゴーグルに手を伸ばすのを眺めながら、緋流は腕を組んでいくぶん皮肉な調子で言った。

緋流にしてはめずらしく、感情がにじんでいたかもしれない。

「どっちの自信だ？　あんたのハートを撃ち抜く方か、射撃の方か」

「射撃の方に決まっているだろう」

本気とは思えないダサい戯《ざ》れ言に内心でため息をつきつつ、むっつりと答えた緋流に、男がにやりと笑った。

「どっちの自信もあるけどな」

深いブルーの目が印象的で、まっすぐに見つめてくる眼差しに緋流はわずかに息を詰める。

キースがゴーグルをつけ、銃にマガジンを装着する。どうやら、デザート・イーグルを使うようだ。

スペンサーでは、免許のない人間が屋内射撃場で実射をするのは、護身用と言える25口径までの銃に限られていたが、キースなら当然、大口径だろう。

耳栓をつけて構えに入った男の姿に、緋流もイヤーマフで耳をガードする。

ぶれのないきれいな姿勢だった。鈍い振動が立て続けに鼓膜《こまく》を震わせ、腹に響き、硝煙の匂いが立ちこめる。

銃を置いて、男がターゲットを手元に引き寄せた。無言のまま、口元の笑みとともにそれを見せられ、緋流もうなずくしかない。

ターゲットのど真ん中にきれいに風穴が空いていた。大きな穴が一つ、と言ってもいい。

「言うだけはあるな」

素直に認めた緋流の顔をのぞきこむようにして、男が言った。

「どうだ？　勝負をしてみないか？　勝った方が言うことを一つ聞く」

いきなりの挑戦に、緋流は思わずじっと男を眺めた。

「受ける必要のない勝負だな」

「負けそうで恐い？」

いかにも挑発的な物言い。

が、そんな安い挑発に乗るつもりはなかった。

「狙撃手とやり合うほど、自分の腕にうぬぼれてはいない。私を口説きたいのなら、もう少し気の利いたやり方があると思うが」

淡々と緋流は言った。

実際のところ、街を歩いていてもいろんな言葉で声をかけられることは多い。だがたいていの場合、緋流は自分から男を選ぶことにしていた。

恋人を探しているわけではない。が、一夜の相手にしても好みははっきりしていた。

いや、なにより同僚を相手にするつもりはなかった。あとあと面倒になるだけだとわかっている。

「あんたが俺を誘うきっかけを作ってみたんだが？」

しかし薄く笑ったキースが図々しく答える。相当な自信家だ。

一瞬、緋流もたじろいでしまった。……何か、見透かされたような動揺だろうか。

確かにこれから男を探すつもりだったから。

護衛官に採用されるくらいだ。実際、容姿にも身体にも自信はあるのだろう。相手に不自由しそうではない。

冷静に、客観的に見て、本当なら緋流としても、多分……悪くない、のだろう。

求めるのは、容姿というよりも、たたずまい、というのか。優しげで包容力のある男ではなく、押し出しのいい自信家タイプ。少し暴力的なくらいでいい。好き勝手に、自分を扱ってくれればいい。

同僚でさえなければ、一夜の相手としての条件はクリアしているのかもしれなかった。

そう、身元がしっかりしているということも含めて、だ。夜の街で相手を探すのに一番やっかいなのは、立場上、ヘタな男は選べないということなのだ。

「私は同僚とそういう関係になるつもりはない」

「職場にプライベートを持ちこみたくない？」

キースが何気ないように聞いてくる。

「そうだ」

「持ちこむつもりなのか？」

「……いや？」

聞かれた意味を取り損ねた気がして、しかしとりあえず否定する。

たたみかけるようにキースが続けた。

「だったら何も問題はないだろう？　俺も公私はきっちりと分けるタイプだ。あんたとプライベートで寝たって仕事の上では関係ない」

「それは……」

詭弁《きべん》というか、言葉遊びのようなものだ。

しかしそうきっぱりと言い切られると返す言葉を見つけられず、緋流は言い淀んだ。そして知らずため息をもらす。

「……本気なのか？」

いかにもあきれたような調子で言いながら、緋流は何気ないふりで自分のレンジに入って新しいマガジンをセットした。

「本気じゃなければ、こんなふうに付け狙ってない」

「付け狙っていたのか……」

堂々と言われ、緋流はあきれると同時に、妙に笑ってしまいそうになる。

ではやはり、官舎を出たところからつけていたのだろうか。実家にいる間も、外で見張っていて？

よっぽどの暇人だ。

「おまえ…、ゲイなのか？」

冷静に確認する。

「特に考えたことはないが、初恋は男だったな。経験もある」

どっちでも、ということのようだ。

「私にその勝負に乗るメリットはないと思うが？」

男の口車にのせられつつあるようで、ちょっと迷いながらも、緋流は強気に言葉を返す。

「あんたが勝てば俺を自由にできる。あんたが負けても、俺の身体を味わえる」

都合のいい言いぐさに、緋流はふん、と鼻を鳴らす。

「だが今なら、特別サービス期間中だ。勝負に乗ってくれたら、あんたにとって有益な情報を提供しよう」

しかしさらりと続けられた予想外のそんな言葉に、緋流は思わず手を止める。いかにも胡散《うさん》臭い眼差しで男を眺めた。

「情報？　どうしてそれが私にとって有益だと？」

「このジムに来て、俺はあんたの少しあとから入った。あんたが入っていくところも見ていた。それで気づいたことがある」

意味ありげなところで言葉を切ったキースに、緋流はわずかに眉を寄せる。

　どうやらヒントはそこまでらしい。

　緋流は手にしていた銃を目の前のテーブルに置き、小さく息をついた。前髪を掻き上げてゆっくりと男に向き直る。

「先に聞かせてもらおう。有益だと判断したら、勝負に乗ってもいい」

「あんたの後ろ姿はすごくセクシーだってこと。自覚はあるか？」

　つらっとした顔で言った男を、緋流は冷ややかに眺めた。そして無言のまま、身体を正面へ返そうとする。

「待てよ。もう一つある」

　あわててキースが声を上げた。いかにも疑り深い視線を向けた緋流に、ようやく続ける。

「パパラッチらしいのがあんたを追いかけて入っていった。身分証がなくて、この地下には下りてこられなかったようだがな」

　――パパラッチ……？

「カメラでも持っていたのか？」

　わずかに眉を寄せて緋流は尋ねた。

「ああ、携帯も持っていたが、提《さ》げてるショルダーバッグにカメラを仕込んでるようだったな。まぁ、その手のプロだ」

　隠し撮りの、ということか。

　緋流は内心でため息をついた。

　王族にパパラッチはつきもので、緋流たち護衛官も常に目を光らせているのだが、最近では少しばかりアイドル化している護衛官がターゲットになったというケースもいくつか耳にしていた。

　確かに緋流などは、名門伯爵家の嫡子というブランドもあり、ネタとしてはうってつけなのかもしれない。

　このあと、夜の街へ出るつもりだった緋流としては、プランを考え直す必要があるだろう。

　いや、もしかすると緋流がそういう場所に出没するというネタをつかんで張っていた可能性もある。だとすれば、しばらくは自重した方がいいのかもしれない。

　スペンサーでは、許可制ではあるが、売春も合法だ。未婚である緋流にしてみれば、たとえ金を払って一夜の相手を買ったとしても問題はないのだが、自分の立場で怪しげな場所をうろついているのは外聞のいいものではなかった。中傷であろうが武勇伝であろうが、勝手に話を作って煽り立てるようなタブロイドの表紙に顔や名前が出るのも勘弁してほしい。

「……なるほど。本当なら、確かに有益な情報のようだ」

　思いの外《ほか》、まともな話だった。

「勝負に乗るか？」

　にやっとキースが笑う。

「いや…、普通の勝負だと、あまりに私には不利だと思うが？　狙撃手が相手では」

　危うく忘れるところだった。

「だったらハンデ戦でどうだ？　あんただって士官学校をトップで出たんだろう？　射撃の腕はいいはずだ」

　そこまで言われると、士官学校の名誉にかけても負けられない気はする。

「いいだろう」

　緋流にしても自信がないわけではない。

「おたがいに言うことを一つ聞く、だったか？」

　緋流は確認した。

「だが何でもというわけにはいかない。私のできる範囲で、になるが？」

「それでいい。もし俺が負けたら、あんたの奴隷《どれい》になってやるよ。この先、一生」

キースが大口をたたく。

それだけ自信があるということだろうか。

「必要ないな」

「役に立つぞ？　あぁ…、ご主人様の足をなめてもいい」

「その趣味はない」

楽しげに言ったキースを相手にせず、冷然と返した緋流に、キースが大げさに肩をすくめてみせる。

そして軽く奥を顎で指して、うかがうように、あるいは挑発的に言った。

「実戦モードで？」

「ああ」

緋流もうなずいた。

それぞれに銃と弾丸のケースを抱え、一番奥のレンジへと向かう。

他の三倍ほどのスペースがとられていて、正面と左右の壁一面に張られた大きなモニターにはありふれた街中の風景が立体的に映し出されていた。その前には防弾ガラスが張られており、モニターに通行人や警官、ターゲットとなる犯罪者がランダムで現れるようになっている。現れるターゲットは映像なので、正直手応えはないのだが、倒した人数、当たった場所によって数値化される。それぞれの口径に合わせたダミー弾を使い、当たった振動や位置でカウントするようだ。さすがにこちらの受けるダメージについては無視されるが、相手に撃たせた場合はマイナスだ。

「ハンデ戦として、こっちはマガジン交換一回とい

うことでどうだ？」

「いいだろう」

敵の数も多く、銃の種類にもよるが、二、三回は交換するのが平均だろう。つまりそれだけ、正確性と反応速度が求められるわけだ。

どうぞ、と先をうながされ、緋流はレンジに入って準備した。息を整え、スタートボタンを押す。

五分の時間制限で、舞台として現れるシーンもランダムだった。街中や、スーパー、ショッピングモールの中、銀行、市庁舎や劇場と、基本的に人の多い場所だ。

緋流が引いたのはホテルの中だった。パーティーが行われている設定らしく、着飾った人物の映像が行き交う。その中でいきなり銃撃が始まり、緋流は的確に敵を倒していく。目の前に現れる人物が敵なのか通行人なのかを、瞬時に判断しなければならない。敵が人質をとって自分の盾にする状況も三度現れ、さらに精密な射撃が要求される。

途中でマガジンを二度交換し、最後の男の頭を吹っ飛ばしたところで終了した。

全身を弛緩《しかん》させ、ふぅ…、と息を吐き出す。

集中はできていた。しばらくして表示されたスコアは92．75。悪くなかった。

80を越えれば警察官などの本職でも上出来で、90を越えると特殊部隊レベルの判断速度、反応速度になる。もちろん一般市民でシューティングゲーム的にやりこんでいる人間もいるだろうし、向こうから撃ち返されても当たるわけではないので、現実の能力とはまた別だが、一つの指針ということだ。

「いいな」

腕を組んで後ろで眺めていた男が楽しげに笑った。やる気になった、ということだろうか。

場所を入れ替わり、男が自分の銃を構える。緋流もじっとそれを観察した。

スタートボタンとともにモニターに映し出されたのは、どうやらショッピングモールのようだ。十数秒であっという間に銃撃戦に突入する。

速いな、と緋流は無意識に息を詰めた。後ろから見ていても、敵味方の認識が抜群に速い。引き金を引くタイミングにもためらいがない。

キースの使う銃の方が装弾数が少ないにもかかわらず、言葉通り、マガジンを交換したのは一度だけだった。消費する弾丸数が少ないということは、ほとんどの場合、相手に撃たせる前にキースが仕留めているということだ。しかも、最初の一発で。

力の差は明らかだった。表示されたスコアは98.07。

終了と同時に、緋流も無意識に入っていた肩の力を抜いた。

「さすがだな…」

悔しくはあるが、これだけ差があれば仕方がない。むしろ、この男が護衛隊にいることを喜ぶべきなのだろう。

まあ、これだけの力があって、勝負をふっかけること自体が卑怯な気もするが、結局乗ったのは自分で、今さらとやかく言うつもりはなかった。

「それで、私に何をさせたい？」

潔《いさぎよ》く緋流は尋ねた。

言われたことは——できる範囲でだが——するつもりだった。

しかし少し考えこんだキースは、逆に聞き返してきた。

「そうだな…。あんたは、もし勝ててたら俺に何をさせたかったんだ？」

意外な問いに、緋流はとまどう。

「特に考えてはいなかったな」

勝ってから考えればいいことだったし、他人に何かをしてもらう、ということに、緋流はあまり慣れていない。他人を当てにしたことはなく、これまでたいていのことは自分の力で勝ち取ってきた。

「じゃ、俺が勝ったらあんたに何をさせると思った？」

おもしろそうな眼差しで重ねて尋ねる。

「身体の相手だろう？」

淡々と緋流は答えた。

自意識過剰かもしれないが、そもそもこの男は初対面の時からそういうことを言っていたのだ。結局はそういうことなのだと思う。

そうでなくとも、学生時代から緋流は「恋人」には向かなくとも、「身体の相手」としては人気があった。恋愛感情を持てなくても、この顔だ。一度は抱いてみたいという男も多かったようだし、ふだん偉そうに取り澄ましている分、思いきり屈辱的に泣かせてやりたいと思っている連中もいた。

キースが声を出さずに吐息で笑う。そしてふっと、身を乗り出すようにして緋流の耳元でささやいた。

「あんたがそう思ったとしたら、それはあんたがそう望んでるからだ」

その言葉に、瞬間、ざわっと肌が震えた。思わず息を詰め、反射的に男をにらみつける。

「どうして……」

思わず、そんな声がこぼれた。

正直、キースには予想を裏切られることばかりだった。感覚が狂う。

「あんたの望むようにしてやれると思うが？」

口元で笑って言ったどこか挑戦的な言葉に、緋流はそっと息を吸いこんだ。なんとか平静を取りもどす。

一瞬、湧き上がった怒りは、言い当てられた悔しさだろうか。

だが……そうだ。この男の望むものをわかっていて勝負を受けたのは、そういうことなのだろうか。

今夜は男が欲しかった。自分をめちゃくちゃにしてくれる男が。

だがパパラッチがうろついていれば、それも難しい。手頃な相手としてこの男なら悪くないが、ただ問題は、同僚だという一点だった。

自分がそれを乗り越えるために、勝負が必要だったのか……？

冷静に考えればいい。今夜の相手として、この男が欲しかったのか。

緋流はそっと唇をなめて、静かに言った。

「……かも、しれないな」

「すごいな。感情じゃなく、理性的な自己分析を優先できるのか。可愛げはないが」

どこかおもしろそうに言う男に、緋流は冷ややかに確認した。

「では、やめるか？」

可愛げがない、と言われることには、特に何の感情もなかった。昔から言われ慣れていたし、それは単なる事実でしかない。

「いや。嫌いじゃない」

しかしさらりと返されて、ちょっと落ち着かない気分になる。

男のペースにはまっているような…、今までにない感覚だ。

緋流は大きく息をつき、気持ちをフラットに立て直す。そして言った。

「今夜のことは今夜だけのことだ。仕事に持ちこまないと誓えるか？」

「騎士の名誉にかけて」

胸に手を当て、いくぶんおどけた口調だったが、護衛官の誓いとしては重い。

「いいだろう。では……、ひどくしてもらえるか？」

その緋流の言葉に、ちょっと眉を寄せてキースが聞き返す。

「縛ったり、殴ったり？」

「そういうことではなく、ただ……少し暴力的なくらいが好みなだけだ」

「難しいな。俺は優しい男なんでね」

すかした顔で男が顎を撫でる。それでもちらっと緋流を見て言った。

「だがそれがあんたのリクエストなら、努力しよう。……ま、とりあえず、パパラッチをまかなきゃな」


それはそうだ。おたがい護衛官とはいえ、まさか官舎にもどってセックスするほど剛胆な精神は持っていない。


翌朝――。

遠く、子供たちの賑やかにはしゃぐ声で、ふっと緋流は目を覚ました。

しかし身体を包むやわらかな温もりと心地よい気だるさに、意識は覚醒することを少しばかり躊躇する。まぶたを押し上げるのがおっくうで、なぜか少しもったいない気もして。

ひさしぶりによく眠れた気がした。ふだんは規則正しい生活をしているが、この日は妙に気持ちが緩んでいた。

そうだ。休日だった——と、ぼんやりとした意識の中で思い出す。

だったらたまには、怠惰に朝寝をしてもいい……。緋流は無意識に伸ばした手でシーツを引き寄せようとした。

が、その指は何かもっと弾力のある感触に当たり、耳元に自分のものではない低い寝息が届いて…、瞬間、ビクッと肌が震えた。

背中に密着する温もり。そして、がっしりと大きな腕が背中から自分の身体を抱きしめているのによようやく気づく。そして自分は、どうやら全裸だ。

まさか、と、どうして、という思いで混乱した。

反射的に飛び起きかけて、しかし後ろの男——男、らしい——がまだ眠っている気配に、なんとか息をついて気持ちを落ち着ける。

そうだ。キースと寝たのだ。

ようやく思い出して、そっと息を吐く。起こさないようにそっと男の重い腕を外し、ゆっくりと身体を起こすと、ベッドの端に腰を下ろしたままあたりを見まわした。

——どこだ……？

今いる場所がすぐには思い出せなかった。

ふだん寝起きしている官舎ではない。そう、王宮の敷地内にある官舎なら、子供の声が聞こえるはずもない。

ものが少ない緋流の部屋とは違い、雑多な印象の室内だった。床に積まれた古い本や、何かの空箱。傾いた棚にはひからびた小さな鉢植えや飛行機のオモチャ。座面がすり切れ、中のクッションがはみ出したソファと、使いこんで角が丸くなった小さなテーブル。くすんだ壁と絨毯《じゅうたん》。

かなり古い造りで、ホテルのようでもない。いや、場末の安ホテルのようにも見えるが、生活感はあった。四分の一ほど残った酒瓶とグラス、それにマグカップや空のペットボトルが小さなテーブルにのっている。

緋流は床に落ちていた自分の下着を身につけ、とりあえずシャツを羽織ってから、そっと鎧戸《よろいど》を押し開いて外を眺めた。

傾いて隙間だらけの古い鎧戸はほんの少し押しただけでギシ…、と高い音を立て、緋流は思わずベッドの男を確認したが目覚める様子はなく、ホッと息をつく。

薄く開いて透かし見た外は狭い路地に面しており、三階くらいの高さだろうか。向かいの家の中が窓からはっきりと見えるくらい距離が近い。旧市街だろう。石造りの古い建物が窮屈そうに建ち並んでいた。

少し遠くに視線をやると、明かりの消えたネオンサインが白々と抜け殻《がら》みたいにお日様に照らされており、いわゆる「飾り窓」の界隈に近いようだ。

夜の街——売春街だ。

室内に目をもどし、緋流は無意識に時間を確認しようとしたが、棚の時計は針が動いていなかった。

そういえばこの部屋自体、どこか時間が止まっているようにも感じる。

サイドテーブルに自分の時計を見つけて手を伸ばすと、もう昼に近かった。

あらためてベッドで眠っているキースの顔を盗み見るように眺め、ようやく昨夜のことを思い出す。

そう——射撃場を出たあと、だ。

キースの言った通り、ジムのロビーには素知らぬ顔でパパラッチが待ち構えていた。緋流たちの姿にあわてて雑誌の陰に顔を隠していたが、見覚えはあった。

三十代なかばだろうか。ゲイリー・オースティンという、護衛官たちの非公式なブラックリストに載っている名前だ。たまたま緋流を見かけて、ネタを探して追いかけてきたというところだろう。

緋流たちも気づかないふりで外へ出て、飲みにでも行く素振りですっかり日の落ちた夜の街へと足を向けた。パパラッチはしっかりとついてきており、「スカーレット、深夜のご乱行《らんぎょう》」的な記事を狙っていたのかもしれない。

「心配ない。このあたりは俺の庭みたいなもんだ」

キースは自信ありげにそう言って、実際、軽やかに入り組んだ街中の細い路地を通り抜け、時には「飾り窓」の中を突っ切って、さりげなく、ことさら逃げる素振りを見せることもなく、あっという間にパパラッチを振り切っていた。

「あら、キース」

「帰ってきてたの？」

と、すれ違った派手で露出度の高いドレスの……娼婦たちだろう、から気安く声をかけられており、顔馴染みのようだ。

よほど遊び慣れているのか、あるいは……このあたりの出身なのだろうか？

そして最終的に連れて来られたのが、この小さなアパートの一室だった。王宮詰めの護衛官なら、基本的には王宮内の官舎に住んでいるはずだから、もしかすると実家なのかもしれない。

ちょっとした逃走劇は、ふだん逃げる立場ではない緋流からすると未体験のものめずらしさと楽しさがあり、その興奮もあったのか、そのままベッドへなだれこんだ。

緋流の「ひどく」というリクエストを覚えていたのか、キースは手荒に緋流を扱った。

腕を強くつかまれるのも、押し倒されるのも悪くない。ゾクゾクと身体の奥から湧き上がる快感に身を委ねる。

しかし腕が後ろ手に押さえこまれ、うつぶせにベッドへ押し倒された時には、反射的に抵抗した。

「背中からは……やめろっ」

暴力的なくらいでいい。だが、背中はダメだ。

いちいちめんどくさい要求だとはわかっていた。こんな場面で、普通なら白けるくらいだろう。だから夜の街でも、決まった相手を作るのは苦労する。

しかしキースは、じっと何か見透かすように緋流を見つめてから、「わかった」とうなずいた。

正直、意外でもあったが、緋流の望み通り、キースは抱いてくれた。

緋流の腕を押さえこんだままの激しいセックスで、後ろも一、二度、軽く指で慰《なぐさ》められただけで、一気に男のモノをねじこまれた。

結構な大きさと質量だ。引き裂かれるような痛みが身体の芯を走り抜けたが、それを乗り越えたところで震えるような快感を覚える。

昔から、身体に痛みを与えられていたせいかもしれない。あるいは、それを我慢して乗り越えることで、自分の強さを確認していたせいかもしれない。

まだ、大丈夫だ、と。

それが自分の、厄介な性癖だとわかっていたけれども。

キースはこれまでで一番、理想的な相手だった。何も聞かず、ただ緋流の身体を貪《むさぼ》って、望みのものを——痛みと快感を与えてくれる。

立て続けに達したあと、緋流は重い身体を持ち上げて帰ろうとしたのだ。誰かと一晩中過ごすことなど、考えてはいなかった。

「やり逃げか？　まだ俺の要求は聞いてもらってないはずだが？」

だがキースは緋流の腕をつかんで強引に引きもどすと、そんなふうに言った。

「……どういう意味だ？」

緋流としては、彼との勝負、というか、賭けというのか、負けたツケはしっかりと払ったつもりだった。

しかし男の身体の上に倒れこむ形で怪訝な目で見下ろした緋流に、キースはうそぶくように続けた。

「俺と寝るのはあんたの望みだろう？　だから、ここまでは俺のサービス」

詭弁だ、と思ったが、理論的な反論はできなかった。

確かに……彼に抱かれたのは、緋流自身の望みでもあった。満足も得た。

「では、おまえの要求というのは？」

無意識に前髪を掻き上げながら淡々と尋ねた緋流に、男の指先がすっ…と額《ひたい》まで伸びてくる。

まっすぐに緋流の目を見つめたまま、キースが言った。

「髪に触らせてくれ」

予想外の要求に、え？　と緋流は思わず目を瞬かせた。

「あんたの髪に触りたい。俺が満足するまで」

さすがにとまどって、すぐには返事ができなかった。それでもようやく言葉を押し出す。

「……フェチなのか？」

「まぁ、そう思ってくれてもいい」

肩をすくめて返され、緋流はちょっとため息をついた。

あっさりと認められると、そうなのか、と思うしかない。それでも首をかしげて尋ねた。

「さっきも髪に触れていなかったか？」

「さっきはあんたの希望で手荒な感じだったからな。今度はもっと感触を楽しませてほしいね」

そこまで言われると、ちょっと薄気味悪くはあるが、それだけのことであれば実害はない。

「わかった」

「じゃあ、遠慮なく」

緋流の返事ににやりと笑ってうなずくと、キースは緋流の身体を抱えるようにしていた体勢をくるりと入れ替えた。

シーツに押し倒される形で、頭上から男が指を伸ばしてくる。額からかすめるように前髪を掻き上げ、そのまますくように緋流の髪を撫でる。

こめかみから、うなじから、飽きずにキースは撫でていたが、さすがにまっすぐに向けられる視線に落ち着かず、緋流はわずかに顔を背《そむ》け、目を閉じてしまう。

こんなふうに優しく触れられることに、頭を撫でられることに、まったく慣れていない。というより、初めてだったかもしれない。母にさえ、抱きしめられた記憶はほとんどなかった。

しばらくしてさすがに上体を持ち上げたままの体勢がきつくなったのか、キースが緋流の横に身体を伸ばし、大きな腕で緋流の身体をすっぽりと抱きこむようにした。

そのままさらに髪が撫でられて、その優しい感触にとまどったまま、緋流は男の腕の中で無意識に身じろぎしていた。

「おいおい…、あんまり動くと煽られてるような気になるぞ？」

低く笑うように言われて、緋流は視線を上げて男をにらむ。

まともに目が合って、おたがいに探るように見つめ合い、やがて男が髪の中に埋めた手をわずかに持ち上げると、唇を重ねてきた。舌が絡み、無意識に緋流も腕を伸ばして男の身体を引き寄せる。

男の唇が喉から胸元へと貪るように這《は》っていく。

結局、やるのか――。

特に抵抗はしないまま、内心で緋流は思った。

不思議なことに、むしろ少し、安心した気持ちだった。髪に触れられるだけ、というのは、やはり奇妙で落ち着かない。

しかし二度目は、それまでとは違ってゆっくりと優しいセックスだった。もどかしいくらいで、早く、と思わず口をつきそうになる。

男が中へ入ってくるまで、ただ優しく全身を愛撫《あいぶ》され、じわじわと高められた。激しく、身体の中に渦巻くものを吐き出すような快感とは違って、今まで感じたことのない、じれるように長く、甘い快感だった。

激しく一気に上り詰めるのではなく、快感が引き延ばされたせいなのか、いつの間にか、吸いこまれるように眠りに落ちていた。

今まで、誰かの腕の中で眠ったことなどなかった。母親に抱かれて眠った記憶すら、ないのだ。

しかも背中を預けて眠るなど、考えられなかった。

――見られただろうか？　自分の背中に残る醜い鞭の痕を。

緋流は小さく唇を噛む。

幼い頃に、祖母から与えられた罪の印《しるし》だ。弱い自分の象徴のようで、今まで誰かに見せたことはなかった。

もっとも…、部屋は暗かったし、セックスの最中、キースもいちいち気にしてはいないだろう。

まったく、昨日から予想外のことばかりだった。

緋流はあらためてキースの寝顔を眺めた。

妙な男だった。そう、出会った瞬間から。

ゆうべも、正直何がしたかったのかわからない。

単なる変態というだけかもしれないが。

緋流は手早くズボンを穿くと、軽く髪を直し——さんざんいじりまわされたのだ——そっと部屋を出た。

薄暗く、狭く、すり減った階段を下りて外へ出ると、ちょっとあたりを見まわす。ゆうべはキースのあとについてきただけなので、自分がどこにいるのか正確にはわからなかった。とはいえ、適当に歩けば大きな通りへ出られるだろう。

子供のはしゃぐ声や軽く小突き合う声や、親の叱る声が遠くに近くに入り交《ま》じり、夜とはまるで風景が変わっていた。馴染みのない生活感が不思議と心地よい。
二、三歩、歩き出してから、ふと引かれるように振り返って、さっきまでいただろう部屋の窓を見上げる。
——と、キースが窓枠に肘をついてこちらを見下ろしていた。

裸の上半身が垣間見えて、ちょっとドキリとする。ゆうべあの腕の中で乱れてあえいだ自分の声が、妙に生々しく脳裏をよぎる。

いつもは……、もっと違っていた。確かに身体も頭もすっきりとしていたが、あんなふうに……相手のペースで抱かれたことはなかった。髪を撫でる、という男の趣味の延長だったせいか、優しい手の感触がひどくもどかしくて、落ち着かなくて、何か……いつもの自分ではない感じだった。

目が合って、にやりと笑うとキースが軽く手を振ってきた。

どうやら目は覚めていたらしい。緋流を観察していた、ということだろうか。

さすがにいい気持ちではなく、緋流は男を無視したまま、再び歩き出した。

方向だけを頼りに細い路地を抜けると、まもなく運河沿いの道に出る。きれいな橋や、花屋やチョコレートの店やカフェなどが建ち並び、観光客も行き交う、日曜の昼間らしい健全で明るい風景だ。

そこまで来ると自分のいる場所は把握できる。さらに歩いて大通りへ出ると、タクシーを拾って王宮へと帰った。

官舎に一番近い門のあたりで降りると、ふらりと近づいてきた男が緋流と歩みをそろえる。

「朝帰りですか？　ゆうべと同じ服のようですねえ…」

ちらっと横目に見ると、ゆうべのパパラッチだ。ゲイリー・オースティン。

相手にするつもりはなく、緋流は黙殺したまま、門の方へと向かう。

「飾り窓の界隈でお見かけしましたが、次期伯爵のお相手をできた女は幸運ですねぇ…」

かまわず相手はねっとりと言葉を続ける。

ゆうべはあのあたりを探してほっつき歩いていたのだろうか？　決定的な写真が撮れなかった、腹いせのようなものかもしれない。見失ったあと、ここで帰ってくるのを待っていたとしたらご苦労なことだ。

緋流は小ぶりな鉄門越しに、奥にある網膜《もうまく》認証のチェックを受ける。

景観の問題もあってクラシックな様式の門だが、

セキュリティは二十一世紀だ。

カチッ、と開いた門を開けて、さっさと中へ入った。

「それか、一緒にいた男と寝たんですか？　彼、ご同僚ですよね？」

「よい休日を」

パパラッチが身を乗り出すようにして叫んできたが、緋流は門を閉ざしながら短く返した。

どうやらキースの素性も知っていたらしい。出向から帰ってきたばかりだというのに、その情報の速さには感心する。

そのまま背を向けて官舎の方へ歩き出すと、さすがにあきらめたのか、男の声も聞こえなくなった。

馴染んだ世界へようやく帰ってきたようで、無意識にホッと息をつく。

午後から……仕事をしようか、それとも昨日の敗戦を思い出して、きちんと射撃の練習でもしてみようか、と思いながら、ふと手首に残る薄い痣《あざ》に気づく。キースにつかまれた時のだろう。

自分らしくもなく、ずっとペースが乱されたままだったのが妙に落ち着かなかった。

だが、切り替えなければ。

やはり今さらに、同僚を相手にしたことは悔やまれた――。

◇　◇

スペンサーの首都マルグレールの郊外にある近代美術館は世界的な巨匠による前衛的な建物で、ガラスとタイルとの融和が美しく、観光客も多く訪れるスポットだった。

世界の子供たちを題材にした写真展が開かれている関連で、この日は付属の芸術ホールで、子供オーケストラとスペンサー出身の世界的なピアニスト、ヴァイオリニストとのコラボという、チャリティ・コンサートが行われていた。

アイリーン王女が公式に出席しており、その警護のため、護衛官も一隊が出向いている。周辺道路や建物の警備は警察に任せていたが、緋流も警備責任の立場で随行していた。

チャリティということで、王女にはなかば客寄せパンダ的な役割がある。同様に、護衛官たちもさすがにマントはないものの、ことさら目立つ軍服姿だった。一般客の規制はあったが遠くから写真は撮られているようで、緋流はなるべく屋内にいて全体の警備を確認していた。


王女の近くにはふだんから警護の役目であるイアンと、そしてキースがついている。

キースが補佐官になって半月ほど。

思った通り、研修期間中ということをさっ引いても、キースの事務的な能力は高くはなかった。書類などは、三回に一回は不備やミスを指摘されて緋流に突っ返され、王族のスケジューリングなどの手際も悪く、抜けも多い。初めのうちはガミガミと指導していた緋流も、このところうんざりし始めていた。どう考えても、自分でやった方が早い。

「おまえ、なんで補佐官なんて仕事を受けたの……？」

さすがに傍《はた》で見ていたスタンにも、あきれたように言われるくらいだ。

補佐官というのは、基本的に官僚的な能力の高いエリートの集まりである。その中で、簡単な書類仕事にもおたおたと手間取り、大きな背中を丸めて似合わない難しい顔で書類に向かっている姿は、しょぼくれた狼みたいでちょっと笑える。

さほど長い期間いるわけではないだろう、という共通認識があるせいか、期せずして、補佐官たちを和《なご》ませているところはあるのだが、仕事を分担する相方としてはイラッとすることも多いのだ。

ただ約束通り、あの夜のことはことさら口にすることはなく、綝流としてはホッとしていた。

少しは信用していいのかもしれない、と思うくらいの気持ちにはなっている。

キースにとっては、今日は久々にデスクから離れて身体を動かす仕事で、表情も明るく、傍目にものびのびして見える。こんな役目の方が遥かに適性があるし、本人としても楽なはずだ。

次の補佐官までのつなぎにしても、どうしてまたやろうと思ったのか。そしてなぜナインがそれを許可したのか。まったく謎だった。……まあ、キースが言っていたように、補佐官の仕事を経験することで現場にフィードバックできる、ということなのかもしれないが。

油断はできないにしても大きな脅威があるわけでもなく、コンサートは無事に終了し、その後、ホールのロビーで王女や出演者たちを囲んでのちょっとしたティーパーティーが催されていた。まあ、寄付金集めのメイン行事とも言える。

招待されていたのは各界の著名人や貴族たち、要するに金を出してくれそうな連中だ。

護衛官は「客」とは言えないので、飲み食いをすることもなく、場を乱さないようにロビーの各所で配置に就いて、警備を続けていた。

とりわけ王女から目を離すことはできない。

王女の方も慣れたもので、次から次へと挨拶に来る連中に猫をかぶった笑顔で対応し、気さくに写真撮影にも応じている。

が、一通りの挨拶も終え、パーティーも中盤に差しかかって、ヴァイオリニストが即興で演奏を始めるくらいになると、全体にかなり砕けた空気になっていた。賑やかな演奏に合わせて踊り出したカップルが次々とフロアの中央へ繰り出していく。

華やかなのは問題ないが、メディアもいくつか入っているので、あまりハメを外して騒ぎすぎてもまずい。

ロビーを見渡せる階段上の手すり越しにフロア全体を確認しながらも、しっかりと王女を目で追っていた緋流は、やはりずっと王女の姿を追っている男を認めていた。もちろん、誰もが王女に注目しているわけだから、彼が特別というわけではなかったが。

フェルナン・ドロールという男で、スペンサーの貴族、ドロール伯爵の嫡子だ。現在は、オルベラ子爵のタイトルを持っている。今年で二十七歳だっただろうか。金髪碧眼《へきがん》で、なかなかの美形と言える。女優やモデルとの噂も耳にしたことがあるが、まだ結婚はしていなかった。

というより、ここ一年ほど、あからさまに王女へのアプローチが目立つようになっていた。

女性の扱いはうまいし、家柄もよく、自分に自信もあるのだろう。貴族だけに宮廷行事やこうした催しにもよく顔を出していて、父親が絵画のコレクターでもあり、慣れ親しんでいる分、芸術への造詣《ぞうけい》も深い。仕事としては、確か伯爵家が持っているホテルを経営しているはずだ。

貴族社会にいるだけに王女とも古くからの顔見知りであり、飲み物を手渡し、挨拶をするくらいであれば別に問題はなかった。が、まるで自分がエスコートでもしているようにつきっきりになっているのは、やはり目にあまる。他の、王女へ挨拶しに近づこうとしている人間を邪魔するような形になっていたのだ。

今も無理やりダンスへ引っ張りだそうとしているようで、王女が愛想笑いを浮かべながらも迷惑そうにしているのが見てとれる。王女としても、きっぱりと断って場の空気を壊すことを心配しているのだろう。

『緋流、あれは……いいのか？』

さすがにキースがインカムで確認してきた。

「よくはない」

緋流は短く返す。

が、仮にも相手は貴族だし、人前で無理やり引き剝《は》がすというわけにもいかない。

そして王女が退出する予定の時間まではもう少しある。王女には、こんな機会にできるだけ多くの人々との交流を、という「開かれた王室」をアピールする目的もあるのだ。だからこそ、貴族であればこんな場では一歩引くくらいの嗜《たしな》みを持ってほしいところだが。

それでも、退出時間を少し早めてもいいか、と緋流が頭の中で計算した時だった。

近くにいた軍服の護衛官が、さりげなく二人の間に割って入るようにしているのが見える。

「ああ…、イアンがなんとかしてくれそうだな」

そういった臨機応変な細かい仕事も彼の役目だ。

イアンは王女の耳元で小さくささやくと、恭《うやうや》しくその手をとって中央近くへ連れ出す。まさしく「王女と騎士」という物語のような絵に、期せずしてまわりから小さな歓声とため息がこぼれている。

イアンが連れ出したフロアの中央には、おしゃれにドレスアップした小さな女の子が、花束を手に立っていた。

王女が丁寧に身を屈めて花束を受け取り、大きな笑顔で女の子をハグした姿に、まわりから温かな拍手が湧き起こる。カメラのフラッシュがあちこちで光った。明日の新聞やネットニュース用にも、無難でいい一枚だろう。

和やかな空気が流れる中、ちらっとフェルナンの方を確認すると、いかにも腹立たしそうな眼差しでイアンをにらんでいて、緋流は小さく肩をすくめた。

「アイリーン王女とイアン・ロデリック大尉のロマンスも気になるところですがね…」

と、ふいに後ろから聞こえた声に緋流が振り返ると、立っていたのはゲイリー・オースティンだった。

こちらは緋流につきまとっているらしいパパラッチだ。さすがに対象に忍び寄るのがうまい。

「どうやって入りこんだんです？」

冷ややかに尋ねた緋流に、ゲイリーがへらへらと笑った。

「人聞きが悪いな。ちゃんと許可はいただいてますよ」

確かに腕にはメディアの腕章がある。ふだん見かけるラフなスタイルではなく、一応きっちりとしたスーツ姿だった。カメラも隠し撮り用ではなく、きちんと一眼レフを手にしている。

今日の取材媒体には事前にチェックして許可を出したはずだが、今回の場合、さほど厳しい規制はなく、社名を確認しただけで個々の名前をチェックしたわけではない。

「そうですか。どこの社の方でしょう？」

無表情なまま確認した緋流に、「勘弁してくださいよ…」とゲイリーが卑屈な笑いを浮かべる。

何かのツテで頼みこんで入れてもらったのだろうから、厳密に護衛隊から指導が入れば、その社は以降の王室関係の取材が難しくなるわけだ。

「彼も来てるんですねえ？」

そして何気なく話をそらすように、ゲイリーが視線を一階のロビーに向けた。

「彼？」

何をほのめかしているのかまったく思い当たらず、緋流はまともに聞き返した。

「キース・クレイヴ。出向からもどっていきなり補佐官に抜擢されたとか？」

ああ…、と思ったが、正直、この男がキースを気にする意味がわからない。

それにしても、よく知っているな、と感心した。

まさか、軽く千人を超える護衛官の所属や顔をすべて覚えているわけではないだろう。キースはまだ補佐官になったばかりだし、そんな人事異動をわざわざ公表しているわけでもない。

「それが何か？」

が、よけいなことは言わず、淡々と緋流は尋ねる。

「不思議じゃないですか？　彼、別に士官学校を出たわけでもない。それがいきなり補佐官に大抜擢ですよ？　何かあると考えるのは当然だと思いますけどね」

「彼がそれだけ優秀な男だということでしょう。士官学校は一つの指針ですが、広く優秀な人材を拾い上げるのは護衛隊の伝統ですから」

いくぶん大げさな調子で言ったゲイリーに、緋流はとぼけて答えた。

厳密には、狙撃手としては、と言うべきだが。事務官としては、ゲイリーが言うように実際ポンコツであり、確かに緋流としても不思議に思うところだ。

出向先からもどってきて、今のところ行く場所がないのでちょうど空いていた補佐官の席にとりあえず着いている、という措置のはずだった。

が、確かに通常なら補佐官のイスは「とりあえず」ですわるようなものではないし、行く場所がないにしても狙撃手であれば警護課に適当な部署を探せばいい。

——何か、あるのか……?

あらためて緋流も、胸の奥に小さな疑惑が芽生えた。

「ずいぶんとキースにこだわっているようですね?」

そしてさりげなく尋ねてみる。その緋流を、ゲイリーがうかがうように眺めてきた。

「あなた、本当は知ってるんじゃないんですか? 彼の素性を」

「素性?」

いくぶん声を潜めるようにして、実際に意味のわからない緋流にはそのまま返すしかない。

「入隊の時に身元確認は受けたはずですが?」

続けた緋流に、とぼけていると思ったのか、ハッとゲイリーが鼻で笑う。

「そりゃ、問題はないはずだ。いや、仮にあったとしても、彼を入隊させるためにスルーしたんじゃないですかねえ……?」

「何が言いたいんです?」

まっすぐに男をにらむようにして緋流は尋ねた。

さすがに自分が……護衛隊が知らないキースについての事実をこの男が知っているとすれば、大きな問題だ。

本当に緋流には心当たりがないと察したのか、ゲイリーがつまらなさそうに肩をすくめた。

「ま、あなたが知らないんなら仕方がない。まあ、補佐官レベルの話じゃないってことか」

やれやれ…、というように頭を掻く。

どうやらこの男が追っているのは自分ではなく、キースのようだ。もしかすると、あの日もそうだったのだろうか？

だとすれば、自分の方がとばっちりだったな、と緋流は内心で鼻を鳴らす。

この男は金になるものなら何でも追いかけるゲスいパパラッチだが、しかし、それだけに嗅覚は一流だ。

何か…、キースの入隊について不正があったと言いたいのだろうか？　キースの素性に関わるのなら、そのコネで入隊したとでも？

王室護衛隊への入隊は、そういう意味ではきわめて公正だった。

求められるのは、本人の適性と能力のみ。実技や教養などの成績も含めて、それだけが審査される。そして、王室への忠誠と。

よくも悪くも、出自にはいっさいこだわらない。つまり身内に犯罪者がいようが関係なく、逆に貴族や名家の出身であってもまったく考慮されない。入隊に関して、コネや金や身分はいっさい効かないのだ。

それが護衛隊の伝統であり、誇りであり、スペンサーの他の組織、機関と比べても格段に厳しい。

ナインの持つ「騎士」の称号が一代限りで子孫に受け継がれない、ということもその一つだ。厳密に言えば、適性と能力さえあれば親子で護衛官になることはできるし、ナインのそれぞれは慣例的に自分の次の「騎士」を指名することになっている。が、自分の血筋の者を指名することは内規で禁じられていた。

さらには護衛官たちの入隊の際の成績や資料も一般に公開されている。コネなどの不正が入りこむ隙はない。

それでも万が一あったとすれば、確かにそれはパパラッチが追いかけるようなスキャンダルになるだろうが——。

「なあ、あんた、気づかないか？」

知らず考えこんだ緋流の耳元で、ゲイリーが低くささやく。

少し笑うようなざらついた声がひどく意味深だった。

「あの男、誰かに似ていると思わないか？」

◇　　◇

うおぉぉぉぉぉ…っ、と何か地の底から湧き出すようなうなり声を上げて、隣の席のキースがばったりとデスクに突っ伏した。

クリムゾン・ホールの補佐官執務フロアである。

それぞれが粛々と仕事を進めている中でのいきなりの異音に、何事かとデスクにいた補佐官たちがいっせいに注目する。下のフロアからも怪訝な眼差しが上がっていた。

そしてすぐに、またか、というあきれたため息と、うるさいぞ！　という非難と、ほとんどはクスクスという笑い声で空気が緩む。

どうやらキースは苦手な書類仕事がある一定量を超えると、たまったストレスがどこかで爆発するらしい。子供っぽいとは思うが、まあ、当たり散らすわけでもないので実害はない。ただ執務室の緊張感が途切れるくらいだ。

隣の席の緋流としては、いきなりだとさすがに驚くし、正直キースの仕事量では、この程度で？　と白い目を向けたくなるのだが、なぜか他の補佐官たちは比較的温かい眼差しを向けていた。自分の関連書類であれば少し手伝ってやったり、キースがやりやすいようにマーキングや付箋《ふせん》のメモ書きなどをつけてやったりすることもあるらしい。

一人前に補佐官を名乗るのなら甘やかす必要はない、と緋流などは思うのだが、何だろう…？　デキの悪い子ほど可愛い、という不思議な心理だろうか。とても可愛いなどとは言えないでかい図体の男だが。

「ネジが切れたな」

そのいつものキースの様子に、指先でペンをまわしながら、スタンがにやにやと端的に指摘した。

それが聞こえていたのかどうなのか、キースがぞろりと重そうに身体を持ち上げると、頭を掻きながら立ち上がった。

「コーヒー、飲んでくる」

げっそりとした顔でそれだけ口にすると、ぐぁぁぁ…、とうなって大きな伸びのようなものをしながら部屋を出る。

緋流は無意識にじっと、その背中を見送った。

先日、ゲイリーから言われた言葉が、ふいに耳によみがえってくる。

しょせんパパラッチの言うことだ。ガセか、好き勝手なでっち上げだろうとは思うが、やはり気にかかった。もう少しつっこんで聞いておくべきだったか、という気もするが、相手にしてつけ上がらせるのもまずい。

「少しは使えるようになったのか？」

反対側の隣から、スタンがにやにやと尋ねてくる。

「どうだかな…。私の手間が増えているだけのような気もする」

「おまえの鬼の指導でそのていたらくとは…、やるな、あいつ」

スタンが妙な感心をしている。

と、ふと思いついて、緋流は椅子ごと身体の向きをそちらに変えた。

「スタン、キースは誰かに似ていると思うか？」

その突然の問いに、ん？　とスタンが首をかしげる。が、すぐに破顔した。

「ああ…、陛下だろ」

「えっ？」

あっさりと言われて、思わず声を上げてしまった。

「ほら、目の色と髪の色もだが、目元と輪郭《りんかく》もちょっと似てるよな。全体の雰囲気が違いすぎてぜんぜん別人の印象になるんだが、若い頃だともっと似てたのかも。昔は陛下ももっと…、あー、スマートであらせられたし？」

不敬に当たるほどのものでもない軽口だが、最後の方は少し声を潜めて言う。

――国王陛下……。

虚を突かれた形で、緋流は一瞬、息を呑んだ。

想像もしていなかった。が、言われてみると確かに、基本的な顔立ちは似ているような気もする。個個のパーツが似ている、というのか。

「警護課の方じゃ、隠し子じゃねぇの、とか、こっそり笑い話になってたよ」

ハハハ…、と軽く笑いながら、スタンが言った。

「そうなのか？」

「まさか」

思わずまともに聞き返してしまった緋流に、スタンが噴き出す。

「ありえないだろ。あの陛下に」

　まったく信じていない様子だった。

　実際、国王は愛妻家で子煩悩な方だ。どちらかと言えば草食系で、結婚前にも浮いた話はほとんどなかった。隠し子など、想像もできない。

　これまで——歴史上にも、国王や王族の隠し子だと名乗り出て騒ぎ立てる連中は何人かいた。まあ、王家にはありがちなことだ。ほとんどは不安定な精神の思いこみに過ぎず、そうでなければ計画的な詐欺だ。遺伝子検査を求めてくる場合もあったが、スペンサー王家としてはいっさい相手にしない方針を貫いていた。売名行為にいちいち取り合っていてはキリがない。

　あのパパラッチが言いたかったのは、そのことだろうか？　ただ顔が似ている、というだけの根拠で？

　だとすれば愚かだとしか言いようがない。それこそ、パパラッチお得意のでっち上げの記事を書くつもりなのだろうか。正直、対処は面倒だが、その程度の根拠でしかなければ信じる人間がそうそういるとも思えないし、こちらとしても無視すればいいだけだ。

　美しい夕焼けが街を包むのが高い窓から眺められるくらいになると、次々と仕事を終えて、クリムゾン・ホールから人が減っていく。

　最終的には、緊急時に備えて残る夜番だけだ。補佐官が一名と、護衛官が二名。夜番に入った場合、翌日の午前中は休みになる。

　緋流は終業時間にはきちんと自分の仕事は上げていたが、できの悪い新人が残業になっているのを二時間ほど監督しつつ、いよいよ迫っていた「ピクニック」関係の最終チェックをしていた。

「こんなもんでいいか…？」

園遊会の招待客リストの作成に入っていたキースが、なんとか終えたらしく大きく伸びをする。

「見せてみろ」

声をかけた緋流に、だるそうに首をまわしながら、キースがリストをまわしてきた。

「招待客の名前とプロフィールが洪水を起こしてる。園遊会っていうのは、今年はささやかに、で二千人規模かよ……」

大きなため息をつく。

「独立四〇〇年祭の来年はもっと増える。それまでおまえが補佐官をやっていられるかは疑問だがな」

緋流の辛辣な評価に、ハハハ…、とキースが疲れたような、乾いた笑い声をもらした。

「もっと有能な後釜ができているといいな」

「そうでなければ困る」

バッサリと答えてから、緋流はじっと男の顔を眺めた。

「おまえにふさわしい部署はもっと他にあるだろう？なぜここに来た？」

「だから、あんたに会いに」

まっすぐに返されたブレない答えに、緋流はため息をつく。

「まあ、いいだろう。次のミーティングで各部署にまわす」

一通り確認してから、緋流もうなずいた。

手際がいいとは言えないが、キースもバカではないので、やり方や流れを覚え、時間さえかければ問題はない。王族の警護関係……移動ルートだとか、警護態勢やタイムスケジュールなど、段取りについては視点も鋭い。緋流が気づかなかった点もいくつかあり、あとあと警護課とのすり合わせで上がってくるポイントがすでに洗い出されている感じで、さすがだと言える。

「遅くまでつきあわせて悪いな、先輩」

「おまえの指導も私の仕事だ」

キースが軽口のように言った言葉に、緋流は手元を片付けながら淡々と返す。

「その指導の礼代わりに、どうだ？　このあと、一杯おごらせてもらえないか？　週末だしな」

いかにも何気ない調子で、キースが誘ってきた。

同僚としては本当に何でもない、よくある誘いなのかもしれない。が、自分とキースとのちょっと訳ありな関係を思うと、微妙にその意味を考えざるを得ない。

断るべきだ、とわかっていた。もちろん、あれは一度きりのことだったし、これ以上、深い関係になるつもりもない。

「……いいだろう。飲むだけなら」

が、そう答えたのは、やはりあのパパラッチの言葉が気にかかっていたからだ。

「いいのか？」

自分で誘っておきながら、キースの方が驚いたように聞き返す。

「警戒されてるかと思っていたが」

「仕事中、その話はしない約束だったはずだ」

ぴしゃりとデスクの引き出しを閉め、鍵をかけながら緋流は言った。

「その話とは？　俺はただ『警戒されている』と言っただけだが？」

とぼけたように返されて、緋流は一瞬、押し黙る。

確かにどんな取り方もできるが――緋流の解釈が間違っていたとは思えない。

が、ことさら自分が意識しているように言われて、ちょっとムッとする。

「それにもう、仕事は終わっただろ？」

「職場では、ダメだ」

いかにもな詭弁で続けたキースに、やっぱりそういう意味じゃないか、と内心でうなりながら、緋流はじろりと男をにらんだ。

「わかった。ではここを出てからにする」

素直なふりで、しかし、しゃあしゃあとキースが言う。

まったく、食えない男だ。まあ、それでも緋流との約束は、最低限、破っていないようだが。

正直、意外でもあった。かまわず、あの夜のことをいろいろと言ってくるかと身構えていたのだが、仕事中は匂わすこともしなかった。

飲みの誘いを受けたのも、そのあたりは少し、信用したからかもしれない。

さすがに護衛官の服装のまま夜の街へ繰り出すわけにもいかず、いったん官舎へ着替えにもどってから、通用門を出たところで落ち合うことにした。

緋流が待ち合わせ場所に着いた時、キースはすでに来ていた。が、一人ではなかった。

立ち話をしているらしい若い男は、私服だったが顔に見覚えはある。

ケネス・アルフォードという、護衛課所属の男だ。三つ四つほど、緋流よりも年下だろうか。警護課の所属にしては――というと語弊《ごへい》があるが――頭の回転もよく、事務能力にも長けている男だ。

将来の補佐官候補というところで、その有能さが買われて、今年の「ロイヤル・ピクニック」のチームにも入っている。そのため、課は違っても、緋流とも仕事上の接触は多い。

キースも同じ警護課だったので、顔見知りということだろう。

思わず足を止めた緋流は、二人に近づくのをちょっとためらった。

今ここでケネスに――キースがいるところで顔を合わせるのは、少し気まずい。

だがふっと顔が上がったケネスとまともに視線がぶつかり、仕方なく緋流はそちらに向かって歩みを進めた。

「緋流補佐官。これから外出ですか？　めずらしいですね」

護衛官の見本のようなさわやかな笑顔で、ケネスが声をかけてくる。

「二人で？」

そしてキースと顔を見比べるようにして、重ねて尋ねた。

どこか意味ありげに聞こえるのは、緋流に負い目があるせいだろうか。

「ああ。少し…、飲みに行くだけだ」

答えながら、少し言い訳じみていると自分でも思う。

「いいですね。僕もご一緒してかまいませんか？」

ほがらかにケネスが聞いてきた。

いかにも無邪気な様子は少し作り物めいていて、キースと自分との関係を疑っているのかもしれないな、と思う。緋流が誰かと出かけることがほとんどないので、やはり気になったのだろう。

「いや、遠慮してくれ。補佐官同士の時間外の打ち合わせなんでね」

が、緋流が答える前に、横からキースが口を出した。

そう言われると、補佐官ではないケネスは引き下がるほかないようだ。わずかにキースをにらむようにして、唇を噛む。

「……わかりました。じゃあ今度、僕とも飲む時間を作ってくれますか?」

まっすぐに緋流を見上げて、ケネスが言った。

「そうだな。時間が合う時なら」

少しとまどいつつ答えた緋流に、わかりました、とケネスが素直にうなずく。

「あいつに告白でもされたか?」

ケネスが門を入っていくのを見送ってから、キースが緋流の横顔をうかがうように眺めた。

緋流はあえて答えなかったが、その通りだった。

ふた月ほど前のことだ。

『ずっと憧れていたんです。僕とのつきあいを真剣に考えていただけませんか?』

若者らしい率直な申し出だったが、緋流はその場で断った。

ピクニック・チームで接触も多い時期だったので、一緒でやりにくいようならチームを外れてもかまわない、と緋流は言ったが、

『いいえ、ぜひこのまま一緒にやらせていただきたいです。もっと…、僕のことをよく知ってほしいですから』

と、ケネスはきっぱりとそう答えた。

そして、あきらめるつもりはありません、とも。

その時に緋流の断った言葉が「同僚とつきあうつもりはない」だったので、今のこの状況は少し後ろめたい。いや、もちろんキースとは、つきあっている、というわけではなかったが。

「年下は趣味じゃないのか?」

しつこく尋ねるキースに、緋流は歩き出しながらかわすように口を開いた。

「おまえも大人げないな」

「あたりまえだろ。邪魔されてたまるか」

ふん、とキースが鼻を鳴らす。

とはいえ、緋流としても、今日は他に聞かれたくない話だったので断るしかなかったが。

ようやくキースも彼の話はあきらめたらしく、歩みをそろえながらちりと横目に緋流を眺めてくる。

「今日はスーツじゃないんだな」

黒のパンツに白のシャツ、それにステッチが入っただけの黒のパーカーという、ごくごく地味でおもしろみのない格好だ。ファッションにはまったく興味がないし、街へ出る時は目立たない格好の方がいい。

「スーツを着ることはめったにない」

緋流はあっさりと肩をすくめた。

改まった場所でもたいてい軍服で行けるし、それこそ実家へ帰る時くらいだ。普通ならば実家へ帰る時くらい気楽な格好をするものかもしれないが、オーランシュ伯爵家では家の中でもだらしない格好は許されない。

「スーツはストイックな感じが脱がしたくなるが、そういう格好も可愛くていいな。ちょっと幼く見える」

目を細めてじっくりと見つめられ、さすがに居心地が悪い。「可愛い」という形容をされたことも、もしかすると初めてで、妙にとまどってしまう。

本当にこの男には、いろんな感覚を狂わされることが多い。

確かあの時は…、自分たちの関係を「仕事に持ちこまない」という誓いだっただろうか。そう、騎士の名誉にかけて。

どうやら仕事が終わった今は、全開にしたらしい。

二度と口にしない、と誓わせればよかった。

と、緋流は内心で舌打ちする。

キースも私服だったが、先日と同じようなラフな格好だった。そういえばこの男は、護衛官の軍服の時でも今の格好でも、さほど印象が変わらない。軍服姿でもそれだけ自然体というのか、だらけているというのか。

「俺の知ってる店でいいか？」

思い出したように軽く聞かれて、緋流はうなずいた。

緋流の知っている店など、その手のバーくらいしかない。仕事明けに一緒に遊ぶような気安い友人もほとんどおらず、男をあさる以外の用で飲みに行くことがないわけだ。

あらためて、自分という人間のつまらなさに自嘲してしまう。王室護衛官という仕事をとってしまえば、本当に何も残らない。

護衛官になるために――将来「ナイン」になるためだけに、これまで生きてきたのだ。

「今日は射撃場に寄っていかなくていいのか？」

ちょっとからかうように言われ、先回りしてむっつりと緋流は答えた。

「二度と、おまえと勝負はしない」

「あー、いや、テンションが上がるかと思ってな」

キースが肩をすくめた。

「テンション？」

「ちょっと気持ちが高ぶったら、今夜もその気になるかと思って」

「二度とならない」

悪びれずに言われて、緋流はぴしゃりと返した。

キースが吐息で笑う。

「それは理論的、理性的な発言じゃないな。射撃の勝負は実力を知っていれば判断材料になるが、感情はその時々で変わる。あんたがまたその気にならないとは、百パーセントでは言い切れない。未来の話だ」

冷静に指摘されて、緋流は黙りこむ。

確かにその通りだが、この男に理論とか理性で返されるのはちょっと納得できない。

「それに…、俺のカラダも悪くなかっただろう？」

あたりまえみたいに聞かれて、緋流は思わず言い淀んだ。

それこそ理性で公正に考えれば、……まあ、悪かったとは言えないだろう。あの夜の緋流の反応を、キースも覚えているのかもしれない。

だがやはり腹が立つので、それを素直に答える気にはなれない。

「自信家だな」

「そりゃ、もう」

直接的な返事を避けて言った緋流に、キースがにやりと笑う。

「この間の夜のことは、脳内でもう百回くらいは再生してる」

「やめろ。気持ちが悪い」

緋流は思わず顔をしかめた。千回とか一万回とか言わないあたりが妙なリアリティだ。

「このまま二度目がなかったら、俺の妄想の中で、あんたはどんどんエロくなるかもしれないな。すごい格好で誘ってくれそうだ」

「ふざけるな」

脅すみたいに続けられて、緋流は吐き出した。

本当に危ないやつなんじゃないかと、疑いたくなる。

「お得意の理論でちょっと考えてみろよ。あんたの相手として、俺はそう悪くないと思うぞ？」

キースが懐柔《かいじゅう》するように緋流の横顔をのぞきこんだ。

「同じ職場の人間と寝る気はない」

まっすぐに前を見て歩きながら、緋流は淡々と返す。

「メリットは多いと思うが？　やりたい時に相手を探す手間が省けるし、身元も確かだから危ない相手に当たる心配がない。パパラッチの目を気にしなくてもいい。身体の相性もいいし、俺ならあんたのリクエストを何でも聞いてやれる」

ぬけぬけと言われ、おまえが一番危なそうだ、と内心でうなる。しかも身体の相性がいいかどうかなど、一回寝ただけでわかるとも思えない。

いくぶんあきれながら、きっぱりと緋流は言った。

「デメリットも多い」

「どんな？」

まともに返され、緋流は思わず言葉に詰まってしまった。が、そっと唇を湿して落ち着いて答える。

「職場の人間とそんな関係になると、こじれた時に面倒だ。仕事に支障が出るのは避けたい」

「俺と恋人になるつもりなのか？」

しかしさらりと聞かれて、緋流は思わず足を止め、男を見つめてしまった。

「そんな話はしてないだろうっ」

あせって思わず声がうわずった。いったいどこからそんな話に、と思う。

「こじれるのは恋愛感情があるからだろう？　あんたが欲しいのは単なる身体の相手なんだから、別に問題はないと思うが。それともたかが身体の相手のことで、仕事に支障が出るほどあんたが悩むことがあるのか？」

「それは……」

理論立てて言われ、緋流は答えに窮した。

にやにやとキースが口元を緩める。

「おまえは…、だがおまえは……それでいいのか？」

混乱しつつ、緋流はうなるように聞いた。

緋流の気持ちはこの男にはない。むしろキースの方がずっと口説いてきていたのだ。少なくとも口先では。からかっているだけにせよ、そういうスタンスをとっていた。

「俺はあんたに一目惚れだから、どんな状況でもあんたが抱けるのはうれしい」

率直に言ったキースに、緋流はふいにドキリとしてしまった。

「あぁ、もちろん仕事中は単なる同僚だ。この二週間、何も問題はなかっただろう？」

確かに、問題はなかった。キースが何か言ってくることもなかった。

「それともあんたの方で何か支障が出るのか？　俺が横にいると、俺の身体を思い出して仕事にならないとか？」

「それはない」

楽しげに、いかにもうかがうように聞かれ、緋流はきっぱりと否定した。

もちろんそんなことはないし、そう答えるしかない。――が。

「だったら、前向きに検討してくれ」

機嫌よく言われ、いつの間にか丸めこまれたようで、妙に釈然としない。

それでも、なんとなく考えてしまっていた。

今まで同僚となどあり得ないと思っていたし、想像したこともなかった。が、キースとはすでに一度、関係も持っていた。そして確かに、その後、何が変わったというわけでもない。……はずだ。

――それがこの男の手なんじゃないか……?

とは疑ってしまうが、反論しにくいのも確かだった。

そうするうちに目的地に着いたようで、キースが一つの店の前で立ち止まり、扉を押して中へ足を踏み入れる。意外と、と言うべきか、少しおしゃれな界隈だった。バーというよりは、軽食の摘まめるバルだ。

やはり週末の夜らしく、少し薄暗い店内は二十代、三十代くらいの男女で賑わっていた。仕事帰りに立ち寄っていくのだろう。人気店なのかかなり混み合っており、店の外に出された三つ四つのテーブルも満席だ。

カウンターの中にいた店員と顔見知りなのか、キースが軽く声をかけると、相手が、よう、と気安く手を上げ、ちょうど空いた隅のカウンター席を指さした。

「ビールでいいか?」

と聞かれてうなずくと、素早くロンググラスのビールが渡される。

「乾杯」

と、軽くグラスの縁をぶつけ、キースが一気に半分ほどを喉へ流しこんだ。ああ、と緋流も小さくうなずいて口をつける。

そうする間にも、キースはカウンターの上段に並べられている大皿から、串に刺さった肉や野菜をいくつも小皿に移していた。夕食前の前菜という感じだが、緋流などはマリネやチーズなどをいくつか摘まめばそれだけで十分な量だ。

「で、どうして今日はつきあってくれたんだ?」

カウンターに肘をつき、キースが気軽な調子で尋ねてきた。どうやら緋流がただの慰労《いろう》で誘いに乗ったわけではないと察しているようだ。

「別に…、ただもう少し、おまえという人間を理解しておきたいと思っただけだ」

それでも何気ないように、緋流は答えた。

「ほう…？　それはうれしいな。俺に興味を持ってくれたわけだ」

「同じ補佐官として、だ」

楽しげに言われて、緋流はむっつりと返す。

だが、そう、確認しておきたいと思ったのだ。とはいえ、いきなり「おまえは陛下の隠し子か」とは聞けない。人が溢れるこんなところで話す内容でもないと思うが、むしろ雑多なこんな場所の方が他の人間への注意が散漫で、話し声も聞こえづらくてちょうどいいのかもしれない。

が、やはり周辺からさりげなく探っていくべきだろう。

ちょっと考えてから、緋流は口を開いた。

「この間の…、あの部屋はおまえの家なのか？」

あの夜のことはあまり触れたくはないが、仕方がない。

「ああ、あそこで生まれ育った。護衛隊へ入るまで母と暮らしてたよ」

あっさりとキースがうなずく。

「母は七年前に病死したが、部屋はそのまま残しているんだ。ふだんは官舎だが、幸い、維持できる程度の給料はもらってるんでね」

「亡くなったのか…」

緋流はつぶやいた。そして無意識に唇をなめて、あえて淡々と続ける。

「あのあたりは飾り窓の通りに近いと思うが」

つまり、娼婦なのか？　と尋ねたのと同じだった。

聞きにくいことだし、ふざけるな、と怒られても不思議ではない。

が、キースは自分の出自を隠しているようでもなかった。わざわざ緋流を連れていったくらいだ。今もあの場所に出入りし、近辺の女たちとも気安いつきあいをしているようだし、……まあ、客だという可能性はあるが。

「そうだな。まあ、本当はバーでピアノの弾き語りをしていたんだが、それだけで食っていけるほど甘くもなかったし、時々は客をとっていたんだろう。だから厳密に言えば、非認可ってことになる。違法ってわけだな」

さらりとキースは答えた。

緋流はわずかに息を詰める。

同僚とはいえ、あまりプライベートに踏みこんだことは、とも思うが、どうやら緋流のプライベートは結構、知られているようだし——別に緋流が吹聴《ふいちょう》したわけではないが——、おたがい様というところだろう。

「スカーレットがそういう出自を問わないのはありがたかったよ」

キースが低く笑って残りのビールを飲み干し、指を上げて二杯目を注文した。

護衛隊では、入隊に関して本人の能力と適性、そして王家への忠誠以外のものはいっさい問われない。国籍さえも問われないが、入隊したらスペンサーに帰化することになる。そして入隊後は、訓練中の生活も保障されるため希望者は少なくないが、歴史などの教養や外国語も必須となるので、採用基準はかなり厳しい。同じ就職条件であれば、他の軍へ流れる者が多いだろう。

つまりキースは、それらもろもろの条件をクリアしたわけだ。

「まぁ、あんたとは生まれも育ちも正反対というわけだな」

嫌味にも聞こえるが、ちらっと唇で笑って緋流を眺める眼差しは、どこかおもしろがっているような感じもする。

「今は同じ場所にいる」

「そうだな」

まっすぐに返した緋流の言葉に、キースが小さくうなずいた。

結局、そういうことだ。生まれにたいした意味はない。

「では、父親は？」

できるだけさりげなく、緋流は続けた。

本当に聞きたかったのはこれだ。

やはり娼婦には、父親のいない子供も多い。仕事柄、避妊はしっかり徹底されているはずだから、愛した男の子供をあえて産んだ、ということなのだろうか。

「死んだよ。というか、生まれた時からいなかったしな」

「そうか…」

あっさりとした返事に、緋流は無意識に息を吐き出した。

やはり杞憂《きゆう》だったようだ。そもそも、国王と娼婦とに接点があるとは思えない。

そしてふと、それに気づく。

「なるほど…。父親を知らないという意味では、おまえとも共通点があったわけだ」

思わずつぶやいた緋流に、ようやく気づいたように、ああ…、とキースも声をもらした。

「そういえばそうだな。……それであんたとの距離

が縮まればうれしいが？」

　意味ありげな目で眺められ、緋流はあからさまに無視してチーズを口に入れる。そして何気なく尋ねた。

「女手一つか。おまえの母親は…、おまえを育てるのに苦労したんだろうな」

　そういう意味での苦労は、緋流の母にはなかっただろう。

　母の存在は緋流にとっても大きかったが、育ててもらった、という感覚は薄い。いつもベッドに横になっている母の印象しかない。

「そりゃあな。俺もちっこい頃からあちこちでバイトしてたよ。ああ…、実は射撃場でも長いことバイトをしてたんだ。時間外によく撃たせてもらっていた。筋がいいと、そこのオーナーが熱心に教えてくれてな」

　にやりとキースが笑う。

「それでか…」

　緋流は小さくため息をついた。

　キャリアが長い。どうりで、と思うが、まあ、そもそも狙撃手だとわかっていて挑んだ自分が無謀だった。自分では自覚していなかったが、あの時は意外とムキになっていたのかもしれない。

　と、その時だった。

「あんた…、エルウィン？」

　ふいに後ろから声をかけられ、振り返るとガタイのいいヒゲ面《づら》の男が立っていた。

　見覚えは――ある。が、会いたい顔ではなかった。

　知らず、うんざりとしたため息をついた。

「なんだよ、その顔は」

　さすがにあからさますぎたのか、男がムッとした表情を見せる。

以前にバーで出会って、一晩つきあった相手だ。手荒なのはともかく、口数が多すぎ、終わったあとも自分が緋流を支配できたと思い上がっていた。

緋流は一度で見切ったが、つきあうのがあたりまえのように、この男はそのあともしつこく誘いをかけてきて、ある時はかなり強引に緋流の腕を引こうとしたため、仕方なく緋流は床へ沈めたことがある。男には思いも寄らない反撃だったようだが、緋流もしばらくはそのバーへ行けなかった。仕事柄、ヘタな騒ぎを起こしたくはない。

いいかげん、懲《こ》りたかと思っていたが。

「何か?」

「冷たいな、相変わらず。……あんなに熱くカラダの奥まで知り合った仲なのに?」

短く尋ねた緋流に、いかにもな口調で男が馴れ馴れしく耳元に口を寄せてささやく。もちろん、隣にいるキースに聞かせるように、だ。

「そろそろまた新鮮な気持ちで楽しめるんじゃないかと思ってな?」

「記憶力がないようだな。二度とおまえとつきあう気はないと言ったはずだが?」

ぴしゃりと返した緋流に、男が不機嫌に鼻を鳴らした。そして、いかにも今気づいたようにキースを眺める。

「へぇ…、こいつが今晩の男?」

わずかに身を屈め、今度はキースに標的を移したようだ。というより、キースを巻きこむことでの、緋流への嫌がらせだろうが。

しかしこんな粘着質の男に当たってしまうこともあるから、キースの言う「身元の確かな男」を優先するべきだろうか、という気もしてくる。

「知ってる? こいつ、ヘンな趣味があってさ…。

カラダはイイんだけどな」

口元に歪《いびつ》な笑みを浮かべて、男が言った。

正直、今さらではあるが、聞いていて気持ちのいいものではない。

「こんなところで、また無様《ぶざま》に床へ這いつくばりたいか？」

緋流はただ無感情に男を見て、淡々と口にする。

「あの時は…っ、油断してただけだっ」

カッとしたように男が声を荒らげた。

賑やかなバルの片隅でのやりとりだったが、さすがにカウンターの中の店員がちらっとこちらに警戒するような視線を投げる。

「なんだよ。自分から痛くしてくれってねだってきた好き者のくせに、ベッドの外じゃ上品ぶってんのか？　……なぁ、あんた、こいつ、無理やり犯されんのが好きなんだぜ？　顔を殴ったり、腕をひねり上げたりしてやると、すげぇよがって、腰、振りまくってな…。ヒィヒィあえいで、もっともっと、って泣い……——ぐぁ…っ」

ねちねちとあげつらっていた男の声がいきなり途切れた。

音もなく立ち上がっていたキースが、すぐ後ろの壁に男の身体を押さえこんだのだ。さすがに急所を心得た無駄のなさで、的確に片腕で男の喉元を絞め上げている。

「そうか。で、あんたは痛くされるのは好きなのか？」

低く尋ねたキースに、顔色を失った男が小刻みに首を振った。

「だったら二度と、近づくな。次に顔を見たらコイツを潰す。——理解できたか？」

薄暗い中、どうやらキースはゴリゴリと膝を男の股間に押しつけているらしい。男はか細いうめき声をもらしていたが、喉が詰まった状態ではまともな声にもならないようだ。ただ青く引きつった顔に冷や汗をにじませ、必死にうなずいている。

「失せろ」

短く言ってキースが手を離すと、男は捨てゼリフも見つけられないまま、わずかに前屈みの状態で転がるように店を出た。

近くにいた客たちは、何かもめてるな、というくらいの認識はあっただろうが、店の空気はまったく変わらないままに賑やかで、楽しげで。

店員の男がキースに視線をやって、口元で小さく笑う。礼を言うように、軽く瞬きした。

「出よう」

キースが軽く顎を振り、勘定に札を一枚、カウンターに残して立ち上がった。緋流もうなずいて、キースのあとを追う。

夜風が心地よく首筋を抜けて、わずかに熱がこもっていた身体を少し冷ましてくれる。

繁華街のこのあたりは、この時間でも、これから酒や食事を楽しもうというカップルや観光客たちで陽気に盛り上がっていた。観光的にもハイシーズンで、通りでは見物客に囲まれている大道芸人やヴァイオリン弾きもいる。

「あの男が言ったことは嘘じゃない」

特に目的もなく歩きながら、緋流はようやく口を開いた。

淡々と、その事実を口にしたつもりだったが、無意識にきつく手を握っているのに気づく。

「知ってる。だが、本質は違う」

それに、前を向いたまま、キースが穏やかな声で答えた。

つめる。

「本質？」

意味を取り損ね、ふっと緋流は隣の男の横顔を見つめる。

「あんたが求めるものとは違う」

静かに続けたキースに、緋流はわずかに息を呑んだ。

「私の求めているものがおまえにわかるとでも？」

わずかな怒りと、なぜか不安と恐れ……のようなものが入り交じる。

誰にも見せず、ずっと覆《おお》い隠してきた心の中心に、じわじわと忍び寄られているような恐さ――だ。

ふっと、こちらを向いたキースの青い目がまっすぐに緋流の視線を捕らえた。

「あんたは…、痛みを乗り越えることで強くなってきた。それが今のあんたを作った。どんな痛みも乗り越えられると、それが自信にもなっている」

「おまえは心理学者だったのか？」

いかにも皮肉な調子で緋流は言った。だが、内心でわずかに息苦しさを覚える。

「自分のことが…、嫌いではないにしても、好きじゃない。家族に愛されないのは、血のせいじゃないと理解はしている。血統など何の意味もないとな。だが痛みがないと、その血は浄化されないと無意識に思っているのかもしれない。それはあんたのせいじゃなくて、まわりにいた大人たちのせいだろうが」

緋流は無意識に息を詰めた。

そう、誰にも愛されていない――。

祖母が自分を憎んだのは血のせいだった。気に入らない、下賤《げせん》な東洋の血。それが高尚な自分の血と混じってしまったこともおぞましく、あってはならないことだ。そして母が愛しているのも、結局は自分の中の父の面影でしかない。

だが間違っているのは自分ではなく、祖母たちの方だ。

緋流が何をしたわけでもない。何ができたわけでもない。

そんなことはわかっていた。しかし緋流が正しかったとしても――何も変わらない。

「家に縛られたくないんだろう。そのためにスカーレットになった。だが結局、あんたが一番家にこだわっているように見える」

緋流の家の噂は、キースも耳にしているのだろう。だが――。

「おまえに何がわかる…！」

たまらず、緋流は声を上げていた。

純粋に感情的な怒りが、身体の中で渦巻いた。だがそれは、……言い当てられた怒りだ。


「俺はあんたじゃないから、厳密にはわかるとは言えない。ただあんたが、自分の価値を……、あんたを貶《おとし》めている連中に決めさせる必要はないと思うだけだ」

おそらく緋流が初めて見せる――これほど激しい怒りをぶつけられても、キースは穏やかだった。

「私の、価値……？」

知らずかすれた声で、自嘲するように緋流はつぶやいていた。

意味がわからない。……いや、そんなことは考えたこともなかった。

学校での成績や、仕事での評価や…、それは自分でわかっていた。自分が努力して、手に入れてきたものなのだ。

だがそんなものを、祖母が認めていないのもわかっている。

「緋流。あんたはきれいで誇り高い」

まっすぐに言われた言葉が、スッ…と胸を貫いた。

無意識に唇が動いたが、言葉にならなかった。

きれいだと言われたことは、何度もある。が、これまで心が動いたことなどなかった。

何だろう…、相手が見ているのが自分のうわべだけだと知っていたから。

なのに、なぜキースの言葉にとらわれるのかわからない。

きれいで、誇り高い――。

そうありたいと思っていた。が、自分はそうではない。

「あんな…、クズみたいな男に悦《よろこ》んで足を開いているのに？」

緋流は小さく自嘲するようにつぶやく。

「それはあんたが不器用だからだな。それに、意外と世間知らずでもある」

あっさりと罵倒されて、思わず緋流はキースをにらんだ。

キースが唇で笑う。

「だから俺にしとけって。安心安全で、何でもあんたのリクエストにお応えする、便利でお得な男だぞ？」

何かを企《たくら》むような、いたずらっ子みたいな目で、キースが緋流の顔をのぞきこんだ。

結局それか、と思うと、妙に安心したような、落ち着かないような気持ちになる。

この間の…、激しく抱かれた痛みと、髪を撫でられた妙に収まりの悪いやわらかな感触が、ふいに肌によみがえる。身体の奥にジン…と痺《しび》れるような熱を感じて、ちょっとあせった。

「便利に使われるだけでいいのか？」

何の見返りもなく？　ちょっと信じられない。

「あんたを抱けるんだから、俺にはそれで十分だが」

キースがするりと伸ばした指先で、つっ、と緋流の胸のあたりを押した。

「ここで惚れてくれればもっとうれしい」

まっすぐに言われて、緋流は思わず視線をそらせてしまう。

「ないな」

そして素っ気なく答えた。

正直なところ、誰かに「惚れる」感覚がわからない。人間的な好き嫌いはあるにしても、恋愛感情というほど強い思いを、今まで誰かに感じたことはない。

それほど……自分の心を、他の誰かに預けるなどということは、とても想像できなかった。

自分で固く守っていないと、あっという間に砕かれてしまう。

「今はな。俺は気が長い。いつまででも待てる」

しかしあっさりと、キースは言った。

しかも、なぜか楽しげに。

「狙撃手なんてのは待ってるのも仕事だ。じっと待って、一瞬のタイミングを外さない」

「やっぱり自信家だな」

「狙撃手はみんなそうだ」

皮肉に言った緋流に、キースがうそぶく。そしてさらりと続けた。

「証明させてくれないか？」

「何を？」

緋流はちょっと首をかしげる。

キースが緋流の目を見てやわらかく笑った。

「俺の気の長さ」

つまり、それは――。

二度目もやはり、キースの古いアパートの部屋だった。

歓楽街のネオンの明かりが窓から差しこむ中、ギシギシと軋《きし》むベッドで。

男の手が手荒に緋流の両手首をつかみ、頭上でまとめてシーツへ張りつける。男の重い身体がのしかかり、もう片方の手で顎がつかまれた。

薄闇の中でじっと深い瞳がのぞきこんでくる。

「痛い方がいいのか？」

「ああ…」

低く聞かれ、緋流はそっと息を吐くように答えた。

キースが一度、瞬きしたのがわかる。

「痛くしないと感じない？」

聞かれて、一瞬、息が苦しくなる。

「そうだ……」

かすれた声を、それでも緋流は必死に押し出した。

どれだけ浅ましい身体なのか——。

それを認めるのもつらいが、いずれにしてもキースは知っている。

「わかった」

静かに答えた次の瞬間、唇が奪われた。荒々しく舌がねじこまれ、中を掻きまわされて、緋流の舌がきつく吸い上げられる。

「んっ…、あ…、んん……っ」

反射的に逃れようとした顔に、男の指が食いこむ。その痛みがジン…と肌に沁《し》みこんだ。

ようやく顎を押さえこんだ手が離れ、シャツの上から緋流の胸をなぞっていく。そして裾まで行き着くと、勢いよくまくり上げた。

両手がすでに頭上で押さえこまれていたため、ろくな抵抗もできずに、一気に頭の上まで脱がされる。そして手首に絡まったシャツが、そのまままきつく裾で結ばれた。

「おい…っ、これは……」

ちょうど手首を拘束する形で、さすがに緋流は声を上げる。

「その方が抵抗できなくていいだろう？」

あっさりと言うと、キースが緋流の腰をまたいだ状態で膝立ちになり、目の前で自分のシャツを脱ぎ捨てた。

大きく目の前に迫る男の身体に、緋流の心拍数が上がる。

「ま、あんたに本気で抵抗されると、俺も無傷でいられる自信はないからな」

口元で小さく笑うと、キースが喉元から胸へと指をすべらせた。

「ふっ…、あぁ……っ！」

きつく乳首が押し潰され、ひねり上げられて、チリッと肌を刺す痛みに思わず声が上がる。

「本当はもっと可愛がってやりたいんだがな…」

つぶやくように言いながら、爪の先でこするようにいじり、何か疼《うず》くような熱が下肢にたまってくるのがわかる。たまらず緋流は腰をくねらせた。

さらに小さく隆起する脇腹を撫で下ろした手が、片足を大きく抱え上げた。

「あぁ……っ」

無防備に足が広げられ、とっさに伸びたもう片方の足が強引に押さえこまれる。

「——ひぁ…っ！　あっ…、んっ、……あぁ……っ」

ふいにやわらかな内腿に鋭い痛みが走り、緋流は思わず身をよじった。どうやら噛まれたようだ。

びくん、と自分の中心が震えたのがわかる。いつの間にか恥ずかしく頭をもたげ、早くも先を濡らし始めていた。

「噛まれるの、好きか？」

いくぶんかすれた声が耳に届く。が、答えを求めているわけではないのだろう。

同時に緋流のモノがざらりとした男の手に握りこまれ、きつくしごき上げられた。濡れた先端が指の腹で無遠慮になぶられ、くびれがこすられる。根元の双球も、指で手荒く揉《も》まれた。

「あぁっ、あぁっ…、ふ…ぁ……っ」

痺れるような快感が全身に散っていく。飲みこみきれない唾液が、口の端から滴り落ちる。

身悶える緋流の姿をしばらく眺めたあと、男の手が両方の膝にかかり、限界まで押し開かれた。


「やっ…、――は…ん……っ」

わずかに腰が浮き、男の目に下肢を丸出しにするあまりに恥ずかしい格好に、さすがにカッ…と頬が熱くなった。

まだ頑《かたく》なな後ろの窄《すぼ》まりが、男の視線にさらされて早くもの欲しげに疼いているのがわかる。確かめるように指でなぞられて、ひくん、と収縮した。

「あ……」

そこが指で無造作に押し広げられる気配に、痛み――を予想して、わずかに身体が強《こわ》ばる。

が、訪れたのは、熱くやわらかく濡れた感触だった。舌先でくすぐるようになぞられて、思わず腰が跳ねる。いやらしく濡れた音が耳についた。

「なっ…、バカ…っ、よせ……っ！」

あせって声を上げた緋流にかまわず、さらに強く腰が押さえこまれ、舌で襞《ひだ》が濡らされていく。指でいっぱいに押し広げられた奥まで舌は伸び、腰の奥にどんどんと熱がたまる。

「やめろっ！　そんな……、――あっ…んっ…」

必死に声を上げ、ようやく口が離れた気配にホッとしたとたん、ズッ…、と一気に指が突き入れられた。

「あぁぁぁ……っ！」

走り抜けた痛みに、身体が大きくのけぞる。

無造作に出し入れされ、緋流は無意識にその指を締めつけてしまう。さらにきつくなった中がこすり上げられ、すぐに二本に増えた指が中を掻きまわした。

「あっ、あっ、あぁっ、あぁぁ……っ」

ガクガクと腰を揺らしながら、緋流はその痛みと快感がない交ぜになった熱を貪った。

さらにもう一本、指が増やされ、中がいっぱいに押し広げられて、緋流は胸を大きくそらしてあえぐ。

そして一気に引き抜かれたかと思うと、代わりにあてがわれた硬いモノがズブッ…と食い破るように中へ押し入った。

「ひ……ぁ…、あぁぁぁ………っ！」

頭の芯まで痺れるような、チリチリと内側から切り裂くような痛みが襲ってくる。

「緋流……」

キースの荒い息づかいが肌に触れ、その手が緋流の両足をつかむと、さらに奥深くまでねじこんだ。そのままえぐるようにして腰が使われ、ぴっちりと収まったモノが激しく中をこすり上げる。

「あぁっ、あぁっ、いい……っ！」

焼けるような熱が、腰から全身へ走り抜けた。

さらに何度も奥まで突き上げられ、一気に入り口あたりまで引き抜かれるたび、痛みの中から陶酔が湧き上がる。

　結局自分は、痛みを快感に変えて悦ぶ変態なのだろう。

　そんな思いが胸をかすめる。

　だがその快感に浸《ひた》っている時だけ、すべてから解放されている気がする。麻薬みたいなものだ。終わったあとは、自分への嫌悪感に襲われるのがわかっていても、やめられない。

「あぁっ、そこ……、当たる…っ、当たる……っ」

　緋流は自分から腰を揺すって、夢中で男のモノをくわえこんだ。

　腕が使えないのがもどかしい。

「前……前…が……っ」

　緋流の中心は、後ろへの刺激だけで恥ずかしく蜜をまき散らし、愛撫をねだるみたいに淫《みだ》らに揺れている。

　ああ…、とようやく気づいたようにうめき、キースの手がそれに掛かった。大きな手にすっぽりと握りこまれ、根元から絞るように何度もこすり上げられる。ぐっしょりと濡れてさらに敏感になった先端もきつくいじられて、緋流は痙攣《けいれん》するように身体を震わせた。

「イク…！　もう…っ、あぁぁぁぁぁ………っ！」

　そして身体を突っ張らせ、大きくのけぞって達していた。

　勢いよく放ったものが腹に、胸に飛び散り、一瞬、頭の中が真っ白になる。すさまじい解放感に身体が浮き上がるようで、しかし次の瞬間、重力に引きもどされるみたいにベッドへ落ちた。

「ヤバい……」

　キースが低くうなって、ゆっくりと自身を引き抜いた。なんとか保ったようで、まだ硬く、熱いままだ。

「……ぁ…、ん……」

中がこすられ、まだくすぶっていた熱が掻き起こされるようで、緋流は無意識に息を詰めた。

キースが緋流の汗ばんだ頬を撫で、そのまま腕を伸ばして手首を縛っていたシャツを解いた。

激しく動いたせいか、手首のあたりが布にこすれ、赤く痕が残っている。

キースが気づいて手首を持ち上げ、そっとなめるように唇を押し当てた。

「やめろ」

とっさにそれを振り払い、緋流は男に背を向けた。

優しくする必要はない。

と、背中でわずかに男が息を詰めた気配がした。そして無骨な硬い指がそっと背筋を這い、緋流はハッと身体を強ばらせた。

「見るなっ」

とっさに身体の向きを変えようとしたが、背中からのしかかるようにした男の手が、がっちりと緋流の両腕を押さえこむ。

身動きもできないまま、醜い背中の痕が男の目にさらされているのがわかる。

「背中は……見るな」

屈辱と怒りで、緋流は押し殺した声を必死に絞り出した。身体が小刻みに震えてくる。

子供の頃、祖母に鞭打たれた傷跡が、今も引きつれて背中に残っていた。ヘビが這ったような、醜い痕だ。

まるで、汚《けが》れた子に押された刻印のように。

「わかった。見ない」

静かに背中に落とされた声に、緋流は小さく息を呑む。

「触れるだけだ」

吐息のように言葉を落とすと、男の唇がそっと傷跡をたどるようになぞっていくのがわかる。

優しい感触と、やわらかな熱が傷跡から肌に沁みこむようだった。

「あ……」

ぶるっと、知らず身体が震え、緋流は無意識に身体をしならせる。

学生時代も、士官学校の時も、基本的には寮生活であり、集団生活だった。できるだけ人の目に触れないようにはしていたが、それでも気づかれることはある。

おまえ、どうした？　と驚いたように尋ねてくる者も、見て見ないふりをする者もいた。そう、今まで寝た相手も、だ。なんだ、それ。すげぇな…、と好奇心剝《む》き出しに聞かれたこともある。

だが、こんなふうに言われたのは初めてだった。

唇の愛撫と同時に、男の手が緋流の腕から肩へとすべり、丸く撫でられる。そして脇から前へまわってくると、指先がそっと乳首を摘まみ上げた。

「あ…っ」

びくっと肩が揺れ、思わずうわずった声がこぼれ落ちる。

背中に意識がいっていて、触れられるまで気がつかなかった。両方の乳首がやわらかく揉まれ、押し潰すようにいじられて、緋流の息が荒くなる。

腰のあたりまで落ちていた唇が再び背中をたどってうなじまで行き着く。何度もなめるように、甘嚙みするようにキスが落とされた。

「緋流、あんたはきれいで誇り高い。今のままでな」

そしてそっと、耳元でささやかれた言葉に息が止まりそうになった。

心の中で、何かが一気に溢れかえる。

「あっ…、ふ……、あぁっ、あぁぁ……っ」

身体の奥から信じられないような大きな波が押し寄せ、意識が、身体が溺れそうになる。

胸に与えられる愛撫と、そして背中をやわらかくなめられているだけで今までにないほど感じて、自分でも抑えがきかない。無意識に身体がよじれ、息づかいが荒くなる。

「いや…ぁ…っ、あっ、あっ、あぁ…っ、……あぁ…っ、んっ、……どうして……っ」

恥ずかしく、いやらしいあえぎ声が止めようもなく口からこぼれる。たったそれだけで上り詰めそうになった。

「感じるか?」

熱っぽい声が背中に落ち、手のひらが形を確かめるように尻をつかむ。


そしてまだ熱をはらんで潤んでいた場所がさらけ出され、男の硬い先端が押し当てられた。

「あ……」

ズクッ…と腰の奥が疼く。男の先走りが襞にこすりつけられ、かすかに濡れた音が耳につく。男のモノをくわえこもうと、浅ましく襞がうごめいているのがわかる。

「入れるぞ…」

低くうめくと同時に、熱い塊が一気に緋流の中をえぐった。

「あっ…、――あぁぁぁぁ………っ!」

反射的に大きく伸び上がった背中が強く引きもどされ、さらに深く、根元まで男のモノが入ってくる。そのまま何度も突き上げられ、抜き差しされた。

あっという間に限界が近づき、緋流はものすごい力で男のモノを締めつける。そして、くそっ、と低く吐き出した男が一気に引き抜いた瞬間、なすすべもなく緋流は絶頂へ追いやられた。

ぶわっ、と全身に鳥肌が立つような、何かが抜けていくような、すさまじい快感が全身を駆け抜ける。男の放ったものが腿のあたりにぶちまけられ、前に伝って自分の出したものと混じり合った。

数秒、あるいは数十秒か、意識を飛ばしていたらしい。

気がつくと、緋流は背中から男の腕の中にすっぽりと抱きしめられ、手慰みのように髪が撫でられていた。

ハッと、反射的に身をよじった緋流に、しーっ、となだめるみたいに耳元でキースがささやく。

「あわてなくていい。セックスは感じるためにするもんだからな」

やわらかく、楽しげに、歌うような言葉。

わずかに汗ばんだ男の体温が、体中を包みこんでいるのがわかる。

「目を閉じて、しばらく何も考えなくていい」

誘うようなそんな言葉に、けだるさもあって、緋流は身をゆだねていた。

その間も、キースの指は一定のリズムで緋流の髪を撫でる。力強く温かい腕にもたれ、いつの間にか緋流は少しうとうとしてしまっていた。

どのくらいそうしていたのか、ようやく我に返り、さすがに今の状態が気恥ずかしくなる。

「もういい。頭を撫でるのはよせ」

緋流は邪険に男の手を払いのける。

「俺があんたの髪を触ることについて、あんたに拒否権はない」

うそぶくようにキースが言い放った。

「俺には、俺が満足するまで、あんたの髪に触る権

利があるからな」

にやりと笑って言われ、そういえば――確かにキースとした「賭け」でそんなことを言っていたと、今さらながらに思い出す。

どうやらあの時から、この男は慎重に言葉を選んでいたらしい。意外と策略家だ。

「いいかげん、満足しただろう？」

「まだまだまだまだ。ぜんぜんだな」

わずかににらむようにして言った緋流に、キースはとぼけたように返す。

「いつまで続けるつもりだ……」

緋流はあきれてため息をついた。

そっと半身を起こし、キースがなかば覆い被さるように緋流の身体を抱き直す。ゆっくりと伸びた手が緋流の頬を撫で、じっと目をのぞきこんだ。

「愛してる、緋流。俺が、おまえを愛してる」

思わず緋流は大きく目を見開いた。どくっ、と心が震える。

「……何も知らないくせにか？」

それでも緋流は低く、押し出すように言った。

キースが唇で笑った。

「知ってる」

そして瞬きして、静かに緋流のこめかみに、そして唇にキスを落とした。

「今はそれを覚えててくれればいい」

◇　◇

幸いにして好天に恵まれたこの日、王立クリフォール競馬場で「ロイヤル・カップ」が開催されていた。

「王家のピクニック《ロイヤル・ピクニック》」とも呼ばれるスペンサーではもっとも大規模な競馬で、およそ二百年の伝統を持つ、スペンサー社交界の一大イベントである。

四日間にわたって行われるが、初日のオープニング・セレモニーには王族を始め、貴族たちはもちろん、各界の名士たちが華やかな——時に派手で奇抜な——ファッションで訪れ、レッドカーペットを歩く俳優たちさながらにメディアの前に立ち、フラッシュを浴びて場を盛り上げていた。

メインレースである「クイーン・マチルダ・スタークス」では、優勝馬に国王自らが大きな花輪《リース》を首に掛け、騎手や馬主にも特別な花のリースを贈呈する。

それにちなんで、いつの頃からか招待客のそれぞれが華やかなリースを手に来場し、王家へ捧げることが通例となっていて、別名「花杯《フラワー・カップ》」とも呼ばれていた。集まった膨大な数のリースは終了後に一般客にも配られ、それも人気の一つになっている。

王家《ロイヤル》の、と冠されるということは、もちろん王家の主催であり、実質的な準備や警備はスカーレットたちにかかってくる。

「王族付き」である緋流たちは、この場でも基本的には王族の警護に当たる。警護は一人一人、個別につくので、緋流はその総監督というところだ。他の補佐官たちとイベントの進行状況を確認しつつ、タイムスケジュールに沿って次の行動へと案内していく。

一般客も観覧席へ入場はできるが、馬場や貴賓《きひん》席あたりは招待客だけが立ち入りできる制限区域で、警備も護衛官たちの管轄だった。

国王夫妻はもちろんのこと、五人の王子、王女殿下。二十一歳のアイリーン王女と五歳のテレサ王女はおそろいのドレスで可愛らしく、姉の王女が妹の手を引いて、メディアの前で笑顔でサービスをしている。さらに、先々代国王のスペンサー大公や、先代の王妃であるウェステリア公爵夫人と、王家の主要なメンバーが王宮の外で勢ぞろいするのも、こんな場だからこそだ。

貴族と言えば、護衛隊のトップである「スカーレット・ナイン」もそうであり、このイベントには客としても、警備としても参加していた。やはり九人が（現在は八人だが）並び立つ場面はめったになく、それもメディアには狙うべき一枚だろう。

客には厳格に「正装」のドレスコードが求められており、男性客はネクタイ着用でモーニング・コートかスーツ、女性客はフォーマルドレスで帽子が必須だ。護衛官もふだんの軍服とは違う正装で、さすがにマントはないものの、モールがついたかなり華やかな出《い》で立ちだった。

キースも同様だが、やはり着崩すことの難しい正装だと、いつもより少しばかりきっちりと、護衛官らしく見える。

インカムに次々と入ってくる状況を確認しながら、窮屈《きゅうくつ》そうに首元を引っ張る男の横顔を、緋流は無意識に横目にした。

あれから半月ほど。

相変わらず仕事に忙殺されていたが、緋流の日常としてはまったく変わりなかった。今日のような公式行事の準備や調整だけでなく、王族それぞれの日日のケアを毎日こなしていく。

だが結局、その後もキースとは数回、身体を合わせていた。

丸めこまれたか…、と思うとやはりちょっと悔しい気もするが、確かに「安心安全」という面からすれば理想的な相手ではある。しかもおたがいの仕事状態はわかっているし、時間を合わせることもたやすい。

さらに言えば、「このあと予定を入れるつもりなら、さっさと仕事を終わらせろ」という一言で、キースの能率は三十パーセントほど上がっていた。現金なものだ。

いや、職場でその話は持ち出さない、というのが、自分たちの間でのルールだったから、緋流の言う「予定」とは、決してそういう意味ではない。少なくとも、キースが何かの予定を入れるつもりなら、ということだ。……詭弁だな、と自分でも思うが。

場所はやはりキースのプライベートな部屋だった。官舎で、というわけにもいかないから、わざわざ二人で場所移動をしなければならないわけだが、あの狭く入り組んだ界隈の古ぼけた小さな部屋が、緋流も意外と嫌いではなかった。

隣近所から響いてくる夜中の騒々しい夫婦ゲンカとか、窓の外の酔っ払いの調子の外れた歌声とか。チカチカと窓越しに壁に映るネオンの明かりとか、朝、目覚めた時の子供たちのはしゃいだ声とか。

そんなBGMは、あまり馴染みがなかっただけに新鮮でもある。

そしてキースとのセックスも……回を重ねるごと、少しずつ変化しているようにも思う。

乱暴に――、という緋流の基本スタンスはあるのだが、手荒にされる時間が少しずつ減っているようだった。

それが故意なのか……、ただ、だからといって不満が残るわけでもない。

多分、それだけきちんと緋流が感じているということで、キースの自慢そうな顔が浮かんで、やはり妙に腹立たしいけれど。

終わったあと、飽きずにキースは緋流の髪を撫でていて、最初は甘やかされているようで居心地が悪かった緋流も、毎回だとさすがに慣れてくる。

無防備に背中を預け、男の腕の中で朝まで眠ってしまうことも、最初は落ち着かなかったが、だんだんとそれが普通になっていた。

考えてみれば、同じ相手とこれほど長くつきあったことはなかった。思春期の学生時代はともかく、少なくとも士官学校へ入った以降では。

キースといるのは、正直、楽だった。

緋流の望み通り、痛みと快感を与えてくれ、何も考える必要はない。一夜の男たちのようによけいな詮索もせず——する必要もなく、つまらないこともしゃべらない。


どれだけこの関係を続けていくのかはわからないが、まあ、どちらかが出向などで物理的な距離ができるか、あるいはキースが他に相手を見つけるまでだな、と思っていた。

緋流の方に、特に大きなデメリットがなければ相手を替える必要はなく、キースの方は——。

——俺が、おまえを愛してる。

気にしていないつもりで、しかしその言葉は耳に残っていた。何かの拍子に、ふいによみがえってくる。

それを信じているとか、いないとか、そんな問題ではない。そもそもキースが本気かどうかもわからないが、たとえ本気だったにせよ、感情は移り変わるものだ。

期待しても仕方がない。……そう思う。

いや、そもそも何も期待などしていないはずだった。

それでも、気がつくと、キースが誘ってくる言葉を待っている自分がいる。男の腕の中にいる安心感と、温もりに慣れたのを感じてしまう。

「……なんだ?」

どうやら緋流の視線に気づいたらしく、キースがふっとこちらに向き直る。そしてにやりと笑った。

「俺に見惚れているなら遠慮はいらないが?」

緋流はまっすぐ正面に視線をもどし、その戯れ言を黙殺した。

キースが唇だけで小さく息を吐くように笑う。

「陛下が贈呈するリースの準備はできているだろうな?」

「ああ、大丈夫だろう」

冷ややかに尋ねた緋流に、軽く答えが返った。

「だろう?」

目を細め、鋭く緋流は指摘する。

「確認しておく」

小さく咳払いして、キースがおとなしく言い直す。

「献上されたリースの整理もな。今日の最終レースのあとですぐに配布できるように」

生花を使っているものもあるので、早めに配らないと形が崩れてしまう。本来護衛官の仕事でもないが、まあ、必要とあらば何でもやる便利屋だ。少なくとも、その手配は必要になる。

「ああ、いくつかは王妃様方に持ち帰っていただくから、よいものを選んでおいてくれ」

「頼んでおくよ。俺のセンスじゃ危ない」

思い出して指示した緋流に、自覚があるのか、キースがうなる。

『陛下が入られる』

と、インカムにスタンから連絡が入ってすぐに、ゲートの方で大きな拍手が湧き起こるのが耳に届いた。王族は何組かに分かれて馬車での入場になるのだ。

馬車の通る通路の両側には一般の観客たちも詰めかけ、馬車を降りるあたりはメディア用の写真スポットにもなっていた。

生バンドの演奏がひときわ賑やかに響く中、歓声や笑い声、馬のいななき、カメラのフラッシュ、テレビのレポーターの早口のしゃべり声などが洪水のようにあちこちから押し寄せた。

「それにしてもすごいな…、これは」

ため息のような声をもらしたキースを、緋流はふっと見上げた。

「初めてなのか?」

「縁がなかったんでね」

あっさりと肩をすくめる。

と、ごった返す人の中、ふっと緋流は制限区域内へ入っていく小柄な背中を見つけて、無意識に息を詰めた。

さすがに正装のドレス姿で、上品な小さな帽子を頭にのせている。ピシリと伸びた背筋。七十を過ぎているが、さすがにかくしゃくとしている。

「レディ・オーランシュ…、いや、オーランシュ女伯爵か」

わずかに緊張した緋流の気配に気づいたのか、キースもそちらへ視線を向けてわずかに目をすがめた。

緋流の祖母だ。スペンサーの名門貴族であり、もちろん招待されているのはわかっていた。

少し後ろにいる男性は、オーランシュ家の執事であるというよりは付き添いだろう。六十前後だろうか。やはり緋流が生まれる前から家にいる男で、祖母の忠実なしもべ。

緋流に対しては常に丁寧な口調で接していたが、主《あるじ》である祖母と同様、冷徹で笑った顔など見たこともない。祖母が緋流に対して「躾」をしている時も、ただじっと後ろで立って眺めていた。

さらには、先日紹介されたクリスタ・プロイス嬢も一緒だった。どうやら祖母は、今までにない決意で、彼女を緋流の花嫁にしようと画策しているらしい。こんな場所へともなったのも、社交界へ顔を売っておく狙いだろうか。しっかりとまわりに「嫁」として認知させ、緋流にも有無を言わせない、という考えなのだろう。

緋流はそっと息を吐く。そして淡々と口にした。

「よく知っているな」

「俺も社交欄《らん》くらい見る。熱意を持って仕事に取り組んでいるんでね」

とぼけた口調だったが、もちろん、王家の招待客の顔くらい覚えておかなければ仕事にならない。

中のテラス席で腰を下ろしていた男が気づいたように立ち上がって祖母に恭しく挨拶し、席を勧めているのがわかる。

フェルナン・ドロールのようだ。フェルナンがターゲットにする女性として祖母は年を取りすぎているが、おたがいに社交界で顔見知りということだろう。あるいは、アイリーン王女を狙うにあたって、貴族社会の票固めを画策しているのかもしれない。

クリスタにも愛想よく話しかけていたが、おたがいに狙う獲物は違う。むしろ、二人の気が合って、そちらでくっついてくれれば緋流としては気が楽だが。

「パドックへまわってくれ。陛下が騎手を激励されるだろうし、王子殿下たちも馬をご覧になるだろうから」

仕事に意識を集中し、緋流は言った。

「わかった」

キースがうなずいて離れていく。

その背中を見送って、緋流は再び巡回へもどった。

インカムには、時折、指示を仰ぐ声が入るのでそれに応え、応援へもまわる。

護衛隊の管轄になる制限エリア内だけでも、千人以上が詰めかけていた。王族たちもロイヤルボックスにじっと収まってくれているとありがたいが、やはりもともと気さくな性格でもあり、こんな賑やかな場所だとたまには自由に動きたくなるのだろう。

護衛官たちはそれぞれの警護対象にしっかりと張りつき、ナインたちもできるだけ王族に寄り添って、オープニングのセレモニーへの参加や観戦に努めているようだった。

ナインが自ら警護の場に立つことはめったになく、こんなふうに全員の姿がそろうこともやはり稀《まれ》だ。大きな式典の時くらいだが、やはりその姿が視界に入っているだけで心強い。

客たちが華やいだ雰囲気に心を躍らせ、レースへの期待に胸を高鳴らせている中、護衛官たちは緊張を維持しなければならない。と同時に、客たちの楽しげな空気に水を差すわけにはいかず、厳しい表情ばかりをしていられないあたりが難しいところだ。

国民的な「アイドル」でもある護衛官に近づけるまたとない機会でもあり、さりげなくにしても、あからさまにしても、女性客から声をかけられることは多い。写真を求められることも頻繁《ひんぱん》だったが、それは「警護中の規則ですので」と断ることが原則であり、むしろそう断れるのはありがたかった。

緋流はふだんから無愛想なだけに、当たり障りのないやわらかな受け答え、というのがかなり難しいが、スタンなどは客たちからミーハー的な声をかけられても笑顔のままに受け流しているのはさすがだと思う。

そしてキースも、若い女性たちには少しばかり近寄りがたい雰囲気のようだが、物慣れた三十歳前後の女性たちにはセックスアピールがあるのか、何やかやと理由をつけてよく声をかけられているようで、しかし意外とうまくあしらっているようだった。

何だろう…、断られて気を悪くしたという様子はなく、何か短くうまい言葉で相手をいい気持ちにさせている感じだ。スタンのように陽気で雄弁な印象はないのに、……やはり口がうまい、ということなのだろう。一見、硬派で寡黙そうに見えるのが、よけいにタチが悪い。

いつの間にかキースを目で追っている自分に気づいて、緋流はあわてて視線をそらせた。

これ以上、あの男をつけ上がらせる必要はない。

そしてオープニングのセレモニーが華やかなうちに終了し、いよいよレースが始まると、王族たちも多くの客たちも所定の席へ落ち着くので警備はしやすくなる。

ファンファーレが鳴り響き、競走馬がゲートに入って、客たちの熱気も高まる中、緋流たちはあとのスケジュールに沿って準備を進めておかなければならない。歓声と拍手と駆り立てられる馬の蹄《ひづめ》の音を背中に聞きながら、アナウンスで勝負の行方を知るだけになる。

今日は六レースが行われるが、その間に緋流たちはあとのいろんな準備を進めていった。

そしていよいよ今日の最終レース、メインレースになるロイヤル・カップを迎え、会場の興奮も最高潮に達していた。

この最終レースの勝者に、国王より栄光のリースが与えられるのだ。さらに言えば、このレースには王の持ち馬も出場していたので、やはり力が入るのだろう。出走馬がゲートインする様子を、大きなパラソル型のテントの中に作られたロイヤルボックスから国王や王子たちが身を乗り出すようにして見つめているのがわかる。

『緋流、そろそろリースを運んでおいてー』

と、インカムに入ったルシアンの声に、了解、と短く返して緋流は制限エリア内の端の方にある別のテントへと近づいた。そちらは備品の保管や準備のためのスペースで、始終護衛官たちも出入りしている。

スターターが鳴って、レースが始まった。

競走馬の地面を蹴る地響きのような音と、観客の歓声と悲鳴が耳に押し寄せ、あっという間に競馬場の興奮がマックスまで押し上がったのがわかる。どうやらかなりの接戦のようだ。

決着はすぐにつく。準備を急がなければならない。

頭の中でそう思った時だった。

——バンッ!

といきなり、高く乾いた音がすぐ目の前のテントから響き、同時に白煙が膨れ上がるように四方から噴き出した。

「なっ…」

爆発……? ——爆弾…!?

一瞬、緋流は絶句する。あり得ない。

が、中にいたらしい数人の護衛官が激しく咳きこみ、顔を覆うようにしてテントから出てくるのが見えて、急いで走り寄った。

「大丈夫かっ? 怪我人はっ?」

「だい…大丈夫、です……」

声を上げた緋流に、あえぐように息を吸いこみながら、護衛官の一人がなんとか応える。

ケネスだ。

「何があった？」

「それが……、いきなり目の前でリースが爆発して……。爆発物が仕掛けられていたようです」

「リースが？」

さすがに緋流も目を見張った。

「優勝馬に掛けるものか？」

「あ…、はい、そうです」

それはつまり――。

緋流は無意識に唇を噛む。

と、ふいにインカムに覚えのある声が入った。

『バックヤードに白煙が見える。何か問題か？』

カーマイン卿の声だ。早い。瞬間に背筋が伸びる。

「緋流です。爆発がありました。優勝馬のリースに爆発物が仕掛けられていた可能性があります」

『リース？　陛下を狙ったものか？』

やはり暗殺予告の書きこみがあったということが念頭にあるのだろう。もしも爆発のタイミングが国王の手に渡ってからだったら、当然、命の危険もあったはずだ。

「それは……、確定できませんが、おそらく」

とはいえ、慎重に緋流は答えた。

忸怩たる思いはある。もちろん一般客のゲートには危険物の探知機は設置していたが、結果的には爆発物を入れたことになるのだ。

『怪我人は？』

「いません。テントの破損もありませんし、小規模な爆発だったようです」

つまりターゲットは一人、ということだ。

「避難されますか？」

何かあれば責任を、いや、それ以前に、自分が盾となる覚悟で、ということだ。

『大丈夫だ、緋流。私も合流する』

と、トリアドール卿の声も聞こえ、緋流はそっと息をついた。

「わかりました」

そして再びインカムで全隊へ指示を出す。

「各班へ。バックヤードで小規模な爆発があった。警備班は至急、探知機と犬で会場内の確認を。特に持ちこまれたリースを中心に調べろ。王族の退場に使う車も、もう一度チェックする。客には気づかれないように」

それぞれからの応答を聞きながら、緋流はケネスに向き直った。

「すぐに予備のリースを」

「あ、はい！」

『……いや』

確認した緋流に、わずかに間があってから、カーマイン卿が答えた。

と同時に、わあぁぁぁぁっ！　と耳をつんざくような大歓声が湧き起こった。

どうやら勝負が決したようだ。

『おそらくその騒ぎに気づいている者は少ない』

そうかもしれない。このテントがあるのはエリアの奥まった場所で、建物を背にしているため、人通りは少ない。メインレースのさなかで、客たちの意識もレースに集中している。爆発音も客たちの歓声に掻き消されており、上がった煙もほとんど消えかけている。

『続行する。気づいた人間は少ないだろう。

ロイヤル・カップだ。中断するわけにはいかない。陛下には私がつく』

淡々と、しかし覚悟の見える声だ。

ケネスが背筋を伸ばして答え、急いで走っていく。

先ほど終了したメインレースはかなりの接戦だったようで、どうやら陛下の持ち馬は鼻の差で二位だったらしい。観客席に興奮の余韻が残っている。

緋流は一度、周辺をじっと見まわした。

数人、何かあったのか？　という顔でこちらを見ている客の姿はあったが、幸い大きな騒ぎにはなっていない。犯人が近くで様子をうかがっている可能性も十分に考えられたが、それらしい姿もない。

緋流は煙の薄くなったテントの中へと、慎重に足を進めた。

整然と並べられたテーブルに、必要な備品やら予備の品やらが順番に並び、王族が持ち帰る分だろう、テーブルにいくつかの華やかなリースも置かれている。

その中で一番奥のテーブルの上だけ、リースが弾けたあとの花や緑の植物の残骸《ざんがい》が乱雑に飛び散っていた。わずかに焦げた匂いも残り、テーブルのその部分だけ焦げ跡も見える。

強力ではないが、人一人を殺傷するのに過不足のない爆発、という感じだ。

幸運だった、と言える。リースがここで爆発したことも含めて、だ。

専門家に検証してもらう必要はあるが、標的が国王なら時限式ではないだろう。何時に陛下がこのリースを手にするかなど、正確な時間は知りようがない。ならば、やはり近くにいてリモコン操作か、携帯からの発信か。

国王を狙ったのであれば、タイミングを誤ったのだろうか……？

「——緋流！」

ちょっと考えこんだ緋流の背中から、切迫した声が響いた。キースだ。

「爆発だと？　無事か？」

ちらりと肩越しに振り返ると、いつになく顔が強ばっている。

……心配したのだろうか？

意外な思いとともに、ちょっととまどってしまう。

誰かに自分の身を心配などされたことがなかったし、正直、心配されるほど頼りなくもないと思っている。が、妙に胸の奥がくすぐったいような気がした。

「私は問題ない。持ち場はどうした？」

それでも表面上は冷ややかに、緋流は尋ねる。

「任せてきたさ。それより…、怪我はないんだな？」

ホッと息をつき、思い出したように聞いてくる。

「どういうことだ？」

「優勝馬のリースが爆発したようだ」

「リース？」

キースがわずかに眉を寄せる。

「ここへ運んだのは誰だ？」

「それは……、俺だな」

「おまえ？」

さすがに緋流はキースの横顔を見つめた。

「トラックで搬入されてからこの場所に、という意味では。そこへ来るまでには何人もの手を経ているだろうがな」

それはそうだ。が、爆弾が仕掛けられたタイミングがどこなのか……？

何人もの手に渡り、発見や暴発の危険性も考えれば、そんなに早くから仕掛けていたとも思えない。

「異常に気づかなかったのか？」

「いや…、まったく」

さすがに渋い顔で、キースがうなじのあたりを掻く。

馬の首に飾るリースだ。素材は軽めのものを使ってるとはいえ、大きさも重さもそこそこある。中に仕込まれていたとすれば、そうそう気づくものでもないだろう。

「持ってきました！」

と、ケネスがトラックにストックしていた予備のリースを運んできた。表彰式はすぐに行われるし、急いだのだろう。いくぶん息を切らしている。

さすがに大きさもあって、もう一人、別の補佐官と二人で担いできたらしい。予備とはいえ、花とリボンで飾られた美しいものだ。

「異常はないか？」

万が一、ということもある。

確認した緋流に、はい、としっかりケネスがうなずく。

「キース、一緒に運んでくれ。表彰式は馬場の中で行われる」

じっとキースの目を見て、緋流は言った。

つまり警備を兼ねて、だとキースも悟ったのだろう。

おそらく犯人も失敗したことはわかっているはずだし、だとするとまた何か仕掛けてくる可能性は十分にある。

「わかった」

うなずいて、キースが二人とともに馬場へ向かった。

「少し煙が出ているようだが、ボヤでもあったのかね？」

と、テントの外で客たちが数人、怪訝そうにこちらを眺めている。さすがに少しばかり焦げ臭い匂いもするし、気になったようだ。

通りかかったらしいモーニング・コート姿の紳士に怪訝そうに聞かれ、緋流は穏やかに返した。

「申し訳ありません。式典で使用した爆竹《ばくちく》の残りが一つ、暴発したようです。不手際でした」

それはそれで、護衛隊としては問題なのだが。

「爆竹ねぇ…。もしかして、爆弾でも仕掛けられたんじゃないですか？」

と、ふいに横から聞こえた声に、緋流はスッ…と視線を向ける。

ゲイリー・オースティンだ。相変わらずへらへらとした笑みを口元に貼りつけていたが、さすがパパラッチといえど、競馬場に入るには「正装」が必要なだけに、いつにないきっちりとしたスーツにストライプのタイという姿だった。

緋流はわずかに目をすがめる。

記者やパパラッチが潜りこむこと自体は、さほど難しくはないだろうが、しかし——。

「ここは制限エリアですよ」

冷ややかに緋流は言った。

制限エリアに入れる招待客ならば、緋流も把握しているし、もちろんこの男の名前はない。

「それは…、うっかりしたようで申し訳ない。向こうの方から眺めていたら、いきなり爆発音と白煙が見えたもので驚きましてね。さっきは新しいリースが運ばれてきたようだし…、これは何かあったんじゃないかと、ま、記者魂というヤツですよ」

「すぐに外に出てください」

白々しい言い訳に取り合わず、緋流は厳しく言った。

「優勝馬のリースに爆弾が仕掛けられていたんじゃないのか？　狙われたのは国王陛下だ。だろう？」

が、さらに緋流ににじり寄ってきた男が、こそっとささやくように確認した。

さすがに観察力と、状況を組み合わせて推測する能力には長けているらしい。

「あの男がやったとは考えられませんかね？」

「あの男？」

黙殺した緋流にかまわず続けたゲイリーに、緋流は思わず聞き返してしまう。

「キース・クレイヴ」

思わず、緋流は目を見張る。

「なぜキースが？」

確かに能力や機会という意味では、キースにできないことではない。が、想像もしていなかった。

「俺の調べた情報によると、あの男ならやっても無理はないという動機があるんでね。国王を恨んでいても不思議じゃない」

にやりと、いかにも意味深にゲイリーが笑った。


「動機……？」

いつの間にか、緋流はまた男の言葉を繰り返していた。

ハッとそのことに気づき、ダメだ、と気持ちを引き締める。パパラッチの口車に乗るなど、バカげている。

「すぐに出ろ。それとも、力ずくが好みか？」

にらみつけて言った緋流に、ゲイリーが大仰《おおぎょう》に肩をすくめてみせた。

「気になるんなら聞きに来ればいい。いつでも教えてやるよ。あの男の秘密をな」

そんな言葉を残して、ようやく男がふらりとした様子で離れていった。

キースの秘密――？

その背中を、緋流はじっと見つめる。知らず、動悸《どうき》が激しくなる。

頭上から表彰式のアナウンスと、大きな拍手が響き渡った――。


「申し訳ありません。ロイヤル・ピクニックにおいての責任は、すべて私にあります」

翌日、臨時で開かれたナインと補佐官たちのミーティングでは、当然ながら競馬場での爆発についての報告が上げられ、その席で緋流は真っ先に口を開いた。

何にせよ、爆発物を敷地内に入れたのだ。チームリーダーとしての責任はとるつもりだった。

やっぱり貴族だから処分が甘いんだよ、というような陰口をたたかせるつもりはなかった。

「補佐官の職務を返上させていただければと思います」

だがこの言葉を口にするのは、やはり勇気が必要だった。王室護衛官のキャリアを続ける上で、大きな失点だ。この先、ナインへの道が閉ざされたわけではないにしても、遠くなることは間違いない。

それだけを目標にしてきた緋流にとっては、屈辱でもある。

ちらっと肩越しに振り返ったトリアドール卿が気遣わしそうに緋流を見たが、直接の上官であるだけにうかつにかばうわけにはいかないのだろう。

いや、むしろ緋流が、トリアドール卿の信頼を裏切ったと言えるのだ。

「責任の所在と処分については、すべてが解明してからにしよう」

が、カーマイン卿がさらりと流した。

「この時期は公式行事が目白押しだからね。今、緋流に抜けられると仕事がまわらなくなる」

ローズマダー卿にもいくぶん軽い調子で言われ、はい、と緋流もいったん腰を下ろした。

処分はナインに任されることになるだろうが、いずれにしても今手がけている仕事が落ち着いてからになるだろう。

まず最初に、使用された爆弾についての報告が上げられた。検証した爆弾の専門家によれば、爆発自体はやはり小規模で、仕掛けとしても単純なものだったらしい。ネットを見れば、作り方の動画が上がっているくらいに。

それだけに誰にでも作れる、というところが問題だ。犯人を絞りこみにくい。

当然ながら、しばらく前から出ていた暗殺予告との関連が疑われた。とはいえ。

「どうも、本気で狙っていたとは思えないがな…」

……というのが、ナインの見解だった。緋流も同じだ。

「あんなところで爆発させたミスもだし、あまりにも雑すぎる」

「だが殺せなかったにせよ、陛下の手にあのリースが渡って爆発でもしていれば、相当なインパクトだ。表彰式のメディアの前でだからな。今日の一面だった」

「それどころか、世界に配信されただろう」

「護衛隊の名誉と信頼も失墜していたな…」

「愉快犯にせよ、政治犯にせよ、売名行為としては十分かな」

「だがそれにしては、犯行声明も出ていないのだろう？」

「結局は失敗したわけだからね。騒ぎに気づいた客も少ないのなら、恥ずかしくて犯行声明も出せなかったのかもしれない」

「なによりも問題なのは」

と、意見が飛び交う中、カーマイン卿が口を開いた。

「信じたくはないが、内部犯を疑うべきかもしれないということだ」

重々しい口調に、一瞬、広間が静まりかえった。

誰も口にしなかったが、そういうことだ。

予備を入れて二つあったリースのどちらが使われるかは直前まで決められていなかったし、片方にしか爆弾が仕掛けられていなかったのなら、作製時にあらかじめ仕込まれていたとも考えにくい。

おそらく、直前、テントの中に保管されていた間。制限エリア内で、護衛官たちのバックヤードとして使っていたテントだ。

護衛官以外の人間が出入りしていれば、かなり目立つ。

そして護衛隊もこれだけ大所帯になれば、必ずしもすべての護衛官が王家に忠実で、品行方正とは言いがたい。

「まぁ、絶対に外部の人間が侵入できないというわけでもないですけどね。オープンなスペースでしたし、護衛官のコスプレは誰にでもできる」

スタンがあえて軽い調子で声を上げる。

「ああ…、写真から型紙を上げて、衣装を手作りしてる子もいるみたいだし。フリマとかオークションサイトでも売ってるかな。よく見れば生地の質感とか、ボタンとか違うんだろうけど、ぱっと見はわからないよね」

ルシアンがペンの先を振りながら続けた。

「そのあたりの調査はビンヤード卿にお任せしよう」

と、緋流の前で議長であるトリアドール卿が言った。

ビンヤード卿配下は、内務監査や情報収集を担当する課だ。

無意識にその補佐官たちに一同の視線が流れ、マックス・カーバーが軽く手を挙げた。

「はい。すでに調査に入っております。目撃情報を集めている段階ですが、各補佐官の方々にもお話をうかがいに行くかもしれませんので、ご協力をお願いいたします」

やはり調べられるのはいい気持ちではないが、仕方がない。

「ともあれ、我々としては来月に催されるヴィオレットに向けての警備に万全を期する必要がある」

そのトリアドール卿の言葉が、本日の真の議題とも言える。

主役はアイリーン王女だが、国王と王妃も臨席する舞踏会だ。

「はい、警護課としても再度、警備態勢を見直す予定です。次のミーティングの際には、議題にのせられるように予定しております」

隣でスタンが立ち上がって言った。めずらしく、というと語弊があるが、真剣な表情だ。

どうやらスタンは、しばらく残業が続きそうだった。

説明するその声を聞きながら、緋流は無意識に隣にすわっていたキースの横顔を盗み見た。

深刻な会議だというのに、相変わらず他人事みたいな顔で聞いている。

——内部犯。

その言葉で、緋流の頭には一瞬、キースの顔が浮かんでいた。

だが、まさか、と思う。あんなパパラッチのでっち上げのような言葉を真《ま》に受ける必要はない。

それはあり得ない。

疑っているわけではないが、何か……不安が拭《ぬぐ》いきれずにいた。

不安。そう、不安と呼ぶしかない、形のはっきりしない思いだった。何かが引っかかって落ち着かない。

それならそれで、本人に問いただすなりして、はっきりとさせればいいだけなのだが。

それで動揺している自分にも、とまどいといらだちを覚える。

小さく唇をなめ、緋流はペンを握り直した――。

◇　◇

六月に入ったこの週末、緋流が実家を訪れたのはイレギュラーな日程だった。

この日は週末としてはめずらしく、キースからの誘いがなかった。このところ、なんとなく週末は一緒に過ごすことがデフォルトになっていたのだが、キースにしても別の予定があっておかしくはないし、緋流としてもことさら期待していたわけではない。

それで、月に一度の実家訪問を緋流自身が義務づけていたこともあり、本当なら来週あたりがちょうどいい間隔だったが、予定がないのならば今週にすませておいてもいいか、と思ったのだ。ヴィオレットも近づいており、そろそろ週末も仕事で潰れる可能性がある。

とはいえ、気が進まないのはいつもと同じで、重い足取りで実家の重厚な門へ近づいた時だった。

見覚えのある後ろ姿が先に門の中へ入ったのに気づき、思わず足を止めていた。

正直、目を疑った。

間違いなく、キースだ。

――どうして……？

驚きと混乱で、しばらく動けないほどだったが、それでもとっさにあとを追う。

そっと門を抜けてキースの姿を捜すと、どうやら玄関に向かう様子はなく、裏庭へまわっているようだった。

迷いのない足取りだ。まるで何度も訪れたことがあるかのように。

知らず、心臓が激しく打ち始めた。何かがおかしい。

まっすぐに庭へ入ったキースの背中を確認し、緋流はその手前の植えこみにそっと身を隠す。

芝生の美しい庭では、大きな木陰の下で祖母が優雅にお茶を飲んでいた。キースはそちらへとまっすぐに進んでいく。

侵入者の姿に祖母も驚いた様子はなく、……どうやら待っていたらしい。

距離もあり、何を話しているのかはわからない。

執事のエスターが建物から出てきて客にお茶を勧めていたが、キースは断ったようだ。祖母の向かいの椅子に腰を下ろすこともなく、立ったままだった。

とはいえ、争っているふうではない。

祖母と何か言葉を交わし、そしてエスターが懐《ふところ》から小さな紙の包みを出してそっとテーブルにのせたのが見えた。大きめの封筒のようで、厚さもそこそこある。

それに手を伸ばしたキースが、無造作に中をあらためた。札束だ。ぱらっと指で弾くようにめくる。

遠目だが一〇〇ユーロ札で一〇〇枚ほどだろうか。一万ユーロ。一万ドルあまりだ。

知らず、緋流は息を呑んだ。

——祖母が、キースに金を……？

意味がわからない。——いや。

念を押すような、祖母のそんな声が小さく耳に届く。

「よろしく頼みますよ」

指が無意識に胸のあたりの服をきつく握りしめていた。瞬きもできずに、緋流はその光景を見つめてしまう。

強請《ゆすり》ではない。祖母が、何かをキースに頼んだのか……？

いったい何を？　一万ユーロもの金で。

祖母にとってははした金だろうが、大金には違いない。いや、金を渡したのはこれが初めてとも限らない。

やはり、自分のことなのか。

ドクッ…、と胸の鼓動が耳に反響する。一気に体温が下がったような気がした。

つまり、キースが自分に近づいたのは、祖母の依頼があってということだ。あるいは、身体の相手をしていることも。

緋流が同性相手に遊んでいることに、祖母は激しい嫌悪といらだちを抱えているはずだが、そこに金で雇ったキースをあてがった、ということだろうか。少なくとも不特定多数の男を相手にすることはなくなったし、うまくいけば、キースを通じて緋流を思うままに操《あやつ》れるとでも考えたのか。

——なるほど、ハニートラップか……。

知らず、笑いそうになった。

そんなものに、自分は引っかかりそうになってい

たのか。

　いや、引っかかるはずはない。しょせん、キースにしても身体の相手でしかないのだ。

　本気になってなどいない。

　キースは金をもらえて、自分は気兼ねのない身体の相手ができて——それでよかった。おたがいに問題はない。

　キースの狙いがわかっていれば、これからは逆に、それを利用することだってできる。

　そう思うのに——なぜか、胸が握り潰されたように痛かった。息ができない。

　思い出したくない、幼い頃の絶望がよみがえり、全身が軋み始める。涙をこらえ、ただ必死で我慢するしかない痛みが。

　結局——自分のことを望んでくれる人間などいないのだと。

　愛してくれる人間など、いないのだと。わかっていたことなのに。

『愛してる、緋流。俺が、おまえを愛してる』

　男の声が耳によみがえる。

　そんな言葉を、信じたはずもないのに。

　ほんの一瞬だって、信じたはずはなかったのに
——。


　呆然と、なかば無意識のまま、緋流は王宮まで帰ってきたらしい。

「——補佐官！」

　ふいに呼びかけられた声で、ようやく我に返った。

　振り返ると、ケネスが小走りに近づいてくる。ふだんの軍服姿だ。今日は当番だったのか、残業をし

ていたのか。

無事に、とはとても言えないが、今年の「ロイヤル・ピクニック」は終了したので、チームは解散となり、それぞれに通常の仕事にもどっていた。

とはいえ、それで接点がなくなったわけでもない。まだ爆弾事件は調査中ということもあり、緋流の処分は保留中だったが、関係なくヴィオレットに園遊会にと、公式行事は続いていく。いずれ後任に引き継ぐことになるのかもしれないが、それまでは緋流の仕事だ。

「すみません、休日に。少しご意見をうかがってもよろしいですか?」

先日の、苦し紛れの飲みの約束だったらどう断ろうかとちらっと考えたが、幸い仕事の話だったようだ。今は誰かと飲みたい気分ではない。正直、誰かとしゃべることにさえ疲れていたが、仕事ならば仕方がない。

「どうした?」

「ヴィオレットの警護の件ですが、ロデリック大尉は今回、王女殿下のパートナーとしてのご出席ですよね? だとしたら、ずっと殿下のそばにいることも難しいですし、もう一人、警護をつけた方がよろしいですか?」

ああ…、と緋流は小さくうめいた。

ヴィオレットでは、最初の群舞と次のワルツ、そして最後の一曲はパートナーと踊ることが原則だが、それ以外は他の相手を誘うこともできる。

王女なら当然、申し込みは殺到するだろうし、その間、イアンにしても誘われることは多いだろう。女性から誘われた場合、男が断ることは、礼儀上、許されない。つまり、ずっとそばで目を光らせていることは難しい、というわけだ。

「そうだな。だが、軍服の護衛官がずっとフロアにいるのも無粋だろう」

さすがに場にそぐわず、雰囲気を壊すことにもなりかねない。

「ええ。それでスタンが、数人、招待客に混じる形で警護に入っては、という提案をしているのですが。燕尾服《えんびふく》を着用することになりますけど」

「それが無難だな。四、五人もいれば、誰かが王女を見ていられる。いや、今回は陛下につける人数を増やすことになるのか」

この間の爆弾のこともある。万が一、舞台となるオペラ座で爆発など起これぱパニックだ。

「はい。それで、緋流補佐官もそちらに就いていただけるかどうかうかがいたいと思いまして」

いくぶん申し訳なさそうに聞かれたが、なるほど、と緋流はうなずく。

結局は貴族社会の名残のような集まりだ。さすがに護衛官もダンスが必須なわけではなく、場に溶けこめる人間はそれほど多くはない。違和感のない誰か、と考えた場合、緋流は真っ先に上がる名前なのだろう。ダンスは教養の一つとして、緋流も幼い頃からたたきこまれている。

「了解した」

「ありがとうございます」

短く答えた緋流に、ホッとしたようにケネスが微笑む。そして、気がついたように言った。

「キース補佐官は…、今日はご一緒じゃないんですか?」

「いや。何か用があったようだ」

苦い思いを噛みしめながら、それでも緋流はさりげなく答える。

あの、といくぶん迷うように、それでも思い切った様子で顔を上げて、ケネスが口を開いた。

「キースを…、あまり信用しない方がいいかもしれません」

「なぜ…、そう思う？」

ドキリとしつつ、緋流は声が震えないように低く尋ねた。

少し前に同じ言葉を聞いたのならば、単なる嫉妬かやっかみだと感じたかもしれない。だが今は、重く響く。

「それは……、あの、僕が言うと、ヘンにとられるかもしれませんけど」

と、ケネス自身、陰口になりそうなことを気にしているようだ。

「キースは監察課の聴取を受けていたようですし。この間の、爆弾の件じゃないでしょうか」

「そうなのか？」

思わず、緋流は聞き返していた。

知らなかったし、知らなかったことも腹立たしい。もっとも監察官に聴取を受けた、などとは、自分から口にしたいことでもないのだろう。

「あ、いいえ、監察課の補佐官の…、マックスと話していたところを見かけただけですが」

「監察官も順に話を聞くと言っていたから。キースがあのリースをテントまで運んできたわけだから、順当だろう」

なんとなくかばうような言葉が口からこぼれる。内心はともかく、同じ補佐官としては、とりあえず擁護するしかない。

「でも出向から帰ってきていきなり補佐官というのも、正直、警護課の中ではちょっと疑問に思っている者も多くて。何か…、誰かの弱みを握ってるんじゃないかって、そんな噂もあって。……あの、ですから、もしあなたが彼に利用されることがあったら――」

「わかった。注意しておく。……悪いが、用を思い出したのでこれで失礼する」

なかばさえぎるようにぴしゃりと答えると、緋流は足早に官舎の自分の部屋へ飛びこんだ。

ドアを閉じると同時に、震えるような息が全身から溢れ出す。足に力が入らず、そのままずるずると床へすわりこんでいた。

国王の暗殺未遂。祖母からの買収。補佐官就任の疑惑。

キースがいったい何者なのか。何を狙っているのか。

まさか、この間の競馬場での爆弾騒ぎを、祖母が依頼してキースにやらせたのだろうか？

一瞬、そんな考えが浮かぶが、しかし祖母が国王の命を狙うとは考えられない。貴族であることに誇りと存在価値を持っている人だ。そもそも貴族というのは、国王あっての存在とも言える。

いや…、そもそも王を狙ったものではなかったとしたら……？

単にピクニックで何か適当な騒ぎを起こし、緋流を補佐官から引きずり下ろすことが狙いだったとすれば。

補佐官をやめさせ、失意のまま護衛官まで辞することになれば、緋流も家にもどるしかないと考えたのかもしれない。だったら、あの爆発の規模の小ささにも説明はつく。

キースが……やったのだろうか？

あの時も、緋流を心配して駆けつけたわけでなく、単に結果を確認したかったのだろうか。

胃がむかつき、吐き気がしてくる。急激に体温が下がったような気がした。寒くて、小刻みに身体が震える。

もう、何も考えられなかった。考えたくない。

足下から何かに呑みこまれていきそうで、緋流はきつく目を閉じた――。

◇　◇

「緋流、今日はどうだ？」

翌日の日曜、昼過ぎにキースがいつもの――何気ない調子で誘ってきた。

「射撃場経由のバル経由の……ベッド？」

何度か着信はあったが携帯には出なかったので、官舎の緋流の部屋まで押しかけてきたのだが、とりあえず「職場」ではないので露骨な誘いも問題ない、というキースのスタンスらしい。

顔を見たくなかった。声を聞くだけで、耳鳴りがするような気がする。

消えろっ、と腹の底から叫びそうになった。無意識に握った拳が震えたくらいだ。

それでも必死に、緋流は心の中の怒りを抑えこむ。怒りを抑えることには慣れていた。感情を表に出さないことにも。

「バルにちょっといいワインが入ったみたいでな。おごるから」

「ずいぶんと金回りがよさそうだな」

機嫌のよいそんな言葉に、緋流は冷笑した。

あるいは昨日の金は、礼金というよりは必要経費だったのかもしれない。緋流をかまっている間、……そう、監視している間、祖母は金をくれる。

この男にとって自分はいい金づるというわけだ。なるほど、大切にしてくれるはずだ。

スーッと指先から体温が流れ出ていくような感覚に襲われる。

「……緋流？　何かあったのか？」

キースの顔を見なくてすむように、背を向けてクローゼットの中を掻きまわしていた緋流は、いきなり腕をとられてビクッと身体を震わせた。それでもこっそりと深呼吸して向き直る。

「別に何も。……明日は仕事だろう。それに今日は用がある」

まっすぐに、なかばにらむようにキースを見上げたまま、冷たく返した。

「何の用だ？」

「おまえに言う必要はないと思うが」

「ついていっていいか？」

「ダメだ」

食いさがる男にピシャリと言うと、キースが子供みたいに口を尖らせた。

「トリアドール卿のお供だ。フィガロの結婚」

クローゼットからスーツを取り出しながら付け加えると、あぁ…、とガシガシ頭を掻いた。

「オペラか。それは仕方がないな」

実際、この男には退屈なばかりだろう。

「オペラ座だからな。ヴィオレットのいい下見になる」

それも嘘ではなかった。夕方からオペラ鑑賞に招待されていたのだ。トリアドール卿夫人も一緒だったが、令嬢のエスコートを頼まれていた。社交界にデビューしたてで、場慣れさせるためにいろんな場所へ連れ出しているらしく、緋流は問題の起きようがない、いい練習相手ということだ。

いい口実があったことに、少しホッとする。

ソワレで、終演が二十二時。

劇場の前で夫妻と令嬢を見送り、緋流は一人、わずかに肌寒い夜の街を歩き出した。

深夜だったが、これからの行き先は決まっていた。

ゲイリー・オースティン。あのパパラッチのアパートの住所は調べてある。

あの男の言う「キースの秘密」を確かめておきたかった。

そもそも祖母がキースを自分に近づけたのは、ハニートラップはともかく、何か弱みを握るつもりだったのかもしれない。護衛官になるのにコネは通用しないが、祖母くらい人脈があれば、空いていた補佐官のポストにキースを押しこむことくらいはできそうだ。

ならば、自分の方が先にキースの秘密を握ればいい。……まあ、競馬で言えば大穴を狙うようなもので、おそらくガセだろうとは思っていたが。

二十分ほど歩いて、緋流は番地を確認する。

古いアパートが建ち並ぶ界隈だ。もっとも古い建物というのは、老朽化しているというより歴史がある、と言ってもいい年代ものも多く、それなりに資産価値はある。

ここは中途半端に古い小さなアパートだったが、それでも二階や三階のテラスには花を飾っている住人もいるようだ。その五階。エレベーターはなく、すり減った階段を上がっていく。

薄暗い廊下で深呼吸を一つし、チャイムを押すと、「だれー？」といくぶん間延びした声が中から返った。

特に返事はしなかったが、まもなくドアが開き、おっ？　と一瞬、驚いたゲイリーの表情が、すぐにいつものにやにや笑いに変わった。

「なんだ…、あんたか。意外だな」

ラフな格好をしていたゲイリーが、まぁどうぞ、と機嫌よく緋流を招き入れる。

中は広めの1DKというところだろうか。ソファやテーブルなど古びた家具が多いが、ナチュラルな雰囲気で意外と趣味はいい。

「護衛官《スカーレット》で未来の伯爵様をお迎えするにはいささかむさ苦しい部屋ですがね…。何か飲みますか？」

「結構」

愛想よく聞かれたが、緋流は素っ気なく断る。

「で、こんな夜更けに何のご用……といっても、あの男のことですよね？」

自分だけグラスにビールを注ぎ、ゲイリーがうかがうように緋流の顔を見る。

「本当にキースに何か秘密があるのなら、私も知っておかなければならないので」

淡々と緋流は口にした。

「でかい秘密がね。だが、タダじゃ教えられないなあ。こっちも飯のタネなんでね」

「だがあなたの方からその話を振ってきたということは、私に確認させたいのでしょう？　話してもらわないことには、真偽のつけようもない」

冷静に指摘した緋流に、ゲイリーが肩をすくめてみせる。

「そう…、俺としては確証が欲しい。状況的には間違いないネタだが、確実な証拠がな」

「私がその証拠を提示できると？」

「相棒のあんたなら、ぽろっともれた話を聞いてるかもしれない。あるいは……スカーレットの中では、もしかするとトップシークレットになっている条項かもな？」

「だとしたら、私がしゃべると思いますか？」

「俺の読みでは、あんたら補佐官には知らされてない。が、おそらくナインの中で秘匿《ひとく》されている事実だ。気にならないか？」

誘うような言葉。

「ごたくはいい。話すつもりがあるのなら、さっさと話してください。なければ帰るだけだ」

ピシャリと言った緋流にゲイリーが両手を挙げた。

「いいだろう。どっちにしろ、俺としては近々、このネタを記事にして公表するつもりでいる。事前にあんたの意見が聞きたいと思ってね」

そう言うと、ゲイリーは部屋の奥、ベッドの脇にある仕事用らしいデスクに近づいた。

スリープしていたノートパソコンを起動させ、軽快に操作して、どうやら何かをプリンターに送ったらしい。横の棚にあったプリンターが低いうなり声を上げて、紙を吐き出す。

それを摘まみ上げたゲイリーが、そのまま緋流に差し出した。

どうやら記事の下書きのようで、ヘッドラインは「隠し子発覚か!?　スペンサー国王アルフレッド三世の知られざる恋！」というセンセーショナルなものだ。

緋流はあからさまにため息をついた。

「キースが陛下の隠し子だと？　顔が似ているからか？」

「ああ…、それには気づいていたのか」

ゲイリーが腕を組んでにやりとする。

「まさか、それだけの根拠ではないでしょうね？」

「まさかそれだけで記事は書けないさ。キース・クレイヴの母親が、国王の秘密の恋人だったというネタが上がっている。もちろん、結婚前だがな」

いかにも自信ありげな言葉に、緋流はわずかに目をすがめる。そして冷静に言った。

「そんな相手がいれば護衛官が気づかないはずはない」

常に警護がついているのだ。つまり「秘密」になりようがない。もちろん、緋流が仕官する前の話だが。

実際につきあっている相手がいて、妊娠したのなら、その時点で騒ぎにならないはずはない。ナインだけで秘匿しておけるという問題でもないはずだ。

「どうかな？　キースはあんたと同じ二十八歳だ。つまり、種を仕込んだのは二十九年前。アルフレッド国王が大学二年の年だ。その当時の王は継承権第二位で、その分、王太子と比べて行動は自由だった。大学の友人も増えて、解放感で一気にハメを外したわけだ。若気の至りというのかな」

「何を根拠に、そんなバカな考えに至ったんですか？」

いかにもあきれたように言った緋流に、ゲイリーが指を一本立てて続けた。

「まず、キースと王とは顔立ちが似ている」

「そんな主観的な根拠ですか」

確かに、似ているといえば似ているが、他人のそら似と言えるレベルでしかない。

かまわず、ゲイリーは続けた。

「この手の話だと、それが一番説得力がある。結局は見た目だからな。二人の顔を並べて載せるだけで信じる連中もいるだろう」

「つまりでっち上げるつもりだと？」

「そうじゃない」

冷ややかに言った緋流に、ゲイリーが肩をすくめた。

「実際、王とキースの母親の間にはロマンスがあった。キースの母親はソフィア・クレイヴという女だ。もともとは名家の出で、国王とは同い年。高校時代に音楽を通じて知り合った。陛下はヴァイオリンを嗜まれるんだったな？　彼女はピアノがうまかった。王宮へも何度も招かれて、一緒に演奏会をしていたようだ」

緋流はそっと息を吸いこんだ。

さすがによく調べてある。そういえばキースも、母親はピアノ弾きだったと言っていた。この男がそこまで言えるということは、二人が知り合いだったのは本当なのかもしれない。過去の記録を当たれば、簡単に証明はできる。だが。

「それは…、邪推でしょう。陛下は今でもたまにご友人を招いて演奏会をされている。その音楽仲間のお一人というだけでは？」

「そりゃそうさ。二人だけで会うようなあからさまな真似はしない。だが二人は同じ大学へ入った」

「ありふれた偶然だと思いますが」

名家の子弟が通うような大学は決まっている。

「これからが本番だ」

芝居がかった様子で手を打って、ゲイリーが続けた。

「入学して一年がたった頃、ソフィアの父親が事業に失敗し、一家は破産した。父親は自殺し、残された母親と彼女は借金取りに追われることになった。もちろん大学に通い続けられる状況ではなく、彼女は退学した。その頃すでに、王とソフィアが恋仲だったのかどうかはわからない。が、姿を消した彼女を、王は必死に捜している。子飼いの護衛官を使わず、友人を通して民間の探偵を雇ってな。それだけでもおかしな話だと思わないか？　単に友人を心配して、というだけなら、護衛官に頼めばいい」

緋流は思わず黙りこんだ。確かに、反論は難しい。

「ソフィアは借金と身体を壊した母親の入院費のためだろうな、娼婦にまで身を落とした。王はお忍びで、その彼女のもとを訪ねている。客としてね」

「そんな、まさか」

さすがに緋流はつぶやいた。

売春が合法とはいえ、さすがに王が――当時は気ままな第二王子だったとしても、売春婦に入れあげていたとは考えられない。いや、認可を受けていなければ、キースの母は非合法だったのだ。

と、緋流の前にスッ…と薄いファイルが差し出された。

受け取って、ぺらりと表紙を開くと、いくぶん色あせた、古い写真が緋流の目に飛びこんでくる。

夜のネオン街。暗くぼやけているが、確かに飾り窓の界隈のようで、……男女が向き合っているのがわかる。画像は粗いが、確かに若き日の国王のようだ。

緋流は思わず息を詰めた。

古い写真だから、この男が撮ったわけではなく、どこからか入手したということだろうか。

「その女がソフィア・クレイヴ。そして彼女は赤ん坊を産んだ」

にやりとゲイリーが笑う。

「つまり、それがキースだと？」

「その通り」

「だとしても、父親が陛下だというのはずいぶんと飛躍していますね。彼女の職業なら、父親候補はいくらでもいるはずでは？」

「彼女の職業だからこそ、と言うべきだな。避妊は基本だ。つまり産みたかったからこそ産んだんだ。

よほどの相手でなけりゃ、そんな決意はしない。王族の子供を産めばそれなりの生活が約束されると計算したのか、あるいは本当に惚れていたのかはわからんがね…」

肩をすくめて軽く言った男に、緋流は考えこんでしまった。

――まさか……本当に？

確かに矛盾のない流れだ。心の中で、迷いが生まれるのがわかる。

そうだ。初めてキースを王族と引き合わせた時。

国王がキースを見た時の驚いた表情が……ずっと緋流の脳裏に引っかかっていたのだ。

「が、結局、王は彼女も子供も捨てたわけだ。まあ、さすがに結婚前で、一児の父親になるにも若すぎる。相手が娼婦というのもまずい。ある程度、まとまった金は渡したのかもしれないが、息子としては自分と母親を捨てた男を憎んだんじゃないのかねぇ…？」

いかにも意味ありげに、ゲイリーが続けた。

「この間の競馬場での騒ぎ、アレは爆弾だったんじゃないのか？　俺としては、キースが自分を捨てた王家への復讐を考えているという説を採りたいね。護衛官になったのもその第一歩さ」

緋流はそっと息を吸いこんだ。

もしそうだとすれば、キースにしてみれば、祖母に雇われるまでもなく、ということになる。

あるいは利害が一致して、おたがいに利用する形なのだろうか。

「すべて…、状況証拠でしかないですね」

それでもパタン、とファイルを閉じ、横のテーブルに置きながら、緋流は内心の動揺を抑えて冷静に言った。

今、第一に考えるべきことは、王家の名誉だ。

「俺には絶対の自信がある。どうだ？　王家にとっては、なかなかのスキャンダルだろう？　なにしろ王は愛妻家で子煩悩として知られている。だが実は、息子の存在を抹殺した裏の顔があったわけだからな」

真偽がはっきりするかどうかは別にしても、確かによくできた話だった。キースの母親の話など、事実が含まれている分、信憑性《しんぴょうせい》も生まれる。

本気でこの記事を出すつもりならば、さすがにまずい事態だった。信じる国民も少なくないかもしれないし、国王の、そして王室のイメージダウンは避けられない。ＤＮＡ検査など受け付けていなかったが、世論が高まればそういう事態も避けられないかもしれない。結果、王とキースが親子だと証明されるようなことになれば——最悪だ。

緋流の様子を観察しながら、ゲイリーがにやりと笑った。

「そういや、そろそろ陛下は誕生日だったな？　俺からのいいプレゼントというわけさ」

「この記事を…、どこに出すつもりです？」

実際、こうした王室のスキャンダルを事前に押さえることも、護衛官の仕事になる。もちろん、スキャンダルを起こさせないことが第一ではあるが。

「さぁな…。いくつか売りこむ先の候補はある。圧力でもかけるつもりかな？」

ゲイリーが鼻で笑った。

「無駄だよ。なんなら海外の週刊誌でもいいし、今ならネットに上げる手もある。これだけいいネタなら、むしろ有料配信にすれば、そっちの方が実入りは大きいかもしれないなぁ」

確かに、今の世の中、情報を止めるすべはない。

やっかいだな…、と、いらだたしく緋流は顔をしかめた。

キースがどうなろうと、知ったことではない。キースがあの爆弾を仕掛けた犯人ならば、捕らえるだけだ。

だがそれが王の隠し子で、復讐のため、などと書き立てられたら、王室へのダメージは大きすぎる。

王室を守ることが、緋流の、護衛官の務めだった。その命も、名誉も、だ。

ナインにも報告して、何らかの対策を講じるべきかもしれないが――。

「だが俺としても、このスキャンダルを世界に発信して、わざわざ自国の王をおとしめたいわけじゃない。あんたの出方次第だな」

と、考えこんだ緋流の耳に、そんな言葉がすべりこんでくる。

ふっと、緋流は顔を上げた。

「……どういう意味です？」

「あんたの協力次第で、このネタは忘れてもいい」

ゲイリーがじっと緋流の目を見つめて言った。微妙な言い回しだ。

「協力？」

「これだけのネタを封印するんだ。それなりの見返りが必要になる」

うそぶくように言ってゆっくりと緋流に近づくと、男が続けた。

「たとえば…、今後、王室関係の取材について、俺に優先権が与えられるとか？　王室か…、あぁ、護衛隊でもいい。引き替えになるようなスクープを定期的に提供してくれるとか？　あとは、一般に公開しない情報も、俺が必要な時に出してくれるとかな？」

「そんなことができるわけないでしょう」

ハッ、と吐き捨てるように緋流は一蹴《いっしゅう》した。

要求が大きすぎるし、一介のパパラッチを特別扱いにすると、他のメディアに勘ぐられる。

「国王の顔に泥を塗るよりはいいと思うがねぇ…」

男が顎を撫でる。そして何気なく緋流の背中にまわりこみ、耳元に唇を寄せて、意味ありげにささやいた。

「もしくは……、緋流、あんたに今夜一晩、つきあってもらうかな？」

ねっとりとしたその言葉の意味は明らかだった。

ふいに背中から男の両手が緋流の肩に掛かり、そのまま身体をなぞるように胸へすべり落ちる。

「何を……っ」

緋流はとっさに男の腕をつかんだが、もう片方の手はかまわず胸を探ってくる。そしてグッと、背中から緋流を抱き寄せた。

「あんた、時々、夜の街で男あさりしてるんだろ？　俺も一度くらい、お手合わせ願いたいと思ってたんだよなぁ…」

緋流はそっと息を吐く。

気持ちのいいものではなかったし、男を振り払うことは簡単だったが、とりあえず堪《こら》えた。

「あなた…、そちらの趣味があるんですか？」

そして淡々と尋ねる。

「いやぁ？　だが、あんたならな…。このところ、遠くからあんたのことをずっと見てたらヘンな気分になってってね。というか、かなりそそられるよな。高嶺の花って感じなんだが、それが手の中に落ちてくるのを想像したら、どうにも抑えきれなくてね……」

かすれた、熱っぽい声で言いながら、男が緋流の肩口に頬をこすりつける。同時に片方の指が服の上から緋流の乳首を探し当て、軽くいじるように押し潰して、緋流はびくん、と身体をのけぞらせた。男の身体が密着した腰のあたりには、すでに硬いモノが当たっている。

「……な？　今夜一晩。それで全部忘れるんなら、安いもんじゃないか？」

さらに続けながら、男の指が緋流のシャツのボタンを外し始めた。

この男と寝たいわけではない。だが、どうでもいいか…、という気もしていた。

どうせ誰と寝ても同じだった。自分の身体くらいですべてを忘れるというのなら、確かに安いものだと言える。それで王室の威信が守れるのなら。

「本当に…、キースのことは記事にはしないんですね？」

「ああ…、約束する」

「資料のすべてと、下書きも渡してもらいますよ…？」

「もちろん、いいとも」

確認した緋流に、ゲイリーが急《せ》くように答えながら、足のあたりまで撫で下ろしていく。

「……いいでしょう。真偽はともかく、これ以上、余計な仕事を増やしたくありませんから」

息を吐き、緋流はさらりと言った。

「ハハッ…、マジか」

ゲイリーが背中ではしゃぐような声を上げ、緋流の身体をくるりとまわした。

「じゃあ手始めに、未来の伯爵様にはフェラでもしてもらうかな？」

にやりと舌なめずりするような、興奮を抑えるような声で要求する。そして自分でズボンのボタンを外し、ファスナーを引き下げた。すでに男のモノは形を変え、わずかに下着を押し上げているのがわかる。

緋流を――名門貴族の後継者であり、護衛隊の補佐官でもある男を自分の好きなようにできる、という嗜虐的《しぎゃくてき》な期待に気持ちが高ぶっているようだ。

が、緋流としては、自分の身体などこのゲスい男に汚されるくらいでちょうどいい。そんな気持ちだった。

緋流がおとなしく男の前にひざまずこうとした時――。

「緋流！　そんな男の口車に乗るなよ」

いきなり背中に響いた声に、緋流はハッと身を強ばらせた。

決して大きくはない。が、思わず身がすくむような殺気をはらんでいる。

振り返ると、いつの間にか部屋の中にキースが立っていた。

「なっ…、おい！　きさま、不法侵入だぞっ」

あせったようにゲイリーが声を上げる。

そういえば、玄関のドアはロックしていなかったようだし、こんな古いアパートではオートロックでもないのだろう。

それにしても――。

「おまえ…、どうしてここにいる？」

さすがに緋流も目を見張った。

「舞台が跳ねる時間に合わせて、オペラ座の外で待ってたんだよ。俺はあきらめの悪い男なんでね。だがあんたは目的があるように歩き出したから、俺もついてきただけだ」

それに肩をすくめて軽くキースが答える。

「ストーカーか」

思わず緋流はうなる。

が、それを無視してキースが続けた。

「発言には気をつけろ。この部屋、多分あっちこっ

ちに盗聴器があって会話は録音されてるぞ。あぁ、カメラもあるのかもな」

そう言うと、キースはずかずかとベッドに近づき、ざっとまわりを見まわして、ちょうどベッドの反対側の本棚にのせてあったクマのぬいぐるみを手に取る。

「不自然すぎるな」

ちらっとゲイリーを振り返ってつぶやいた。

確かに、この男にぬいぐるみというのは不似合いだ。

キースがクマの腹を探るように指で押し、あっさりと小型のカメラを引っ張り出した。床に落として、靴で踏み潰す。

チッ…、とゲイリーが渋い顔で舌打ちした。

「おいおい…、不法侵入だけじゃなく、器物破損か？」

憎々しげにうなる。

「訴えたきゃ、訴えればいい」

あっさりと返したキースに、ゲイリーが鼻を鳴らす。

「まぁ、いいさ。だがこれで、あんたの記事が出ることは確定だな。せっかくあんたの相方が身を挺《てい》してかばおうとしてくれてたのにな」

「で、その様子をカメラに収めて、どうするつもりだった？　映像をネットに流すとでも脅すつもりだったか？　それとも、俺の相棒が身体を投げ出して止めようとするくらいだからその記事は本物だと、その傍証にするつもりだったか？　まぁ、話題性は抜群だよな。護衛官のベッドシーン付きの記事なら」

その指摘に、ゲイリーが体裁が悪いように目をそらした。

あっ、と緋流は息を呑んだ。

危なかった…、と今さらに自覚する。自棄《やけ》になっていたせいか、ろくに頭がまわっていなかったようだ。

だがキースがそれを指摘できるということは、ずいぶん前から話を聞いていたことになる。

「まったく、俺のアパートのまわりでも何かコソコソと探っていると思ったらな…。また大層な大河ドラマをでっち上げたもんだ」

そしてキースが、いかにもあきれたようなため息をつく。

「でっち上げだと？」

さすがにゲイリーが気色《けしき》ばんだ。

「あんたのは憶測に憶測を重ねてるだけだ。ネタとして、自分が持って行きたい方へ勝手な解釈をしているにすぎない。自分の望む結論に飛びつきたいだけだろ」

「なんだと…？　じゃあこれはどう説明する⁉　間違いなくおまえの母親だろうが！」

ぴしゃりと言ったキースに、ゲイリーがテーブルのファイルをつかみ、表紙を開いたところの写真をキースの鼻先に突きつけた。

「俺が生まれる前の写真なんぞ、俺に説明のしようはないが…、まあ、確かに、母と王とは音楽仲間だったんだろう。だから没落した仲間の身の上を心配して、こっそりと会いに行ったってことはあるかもな」

「だったら、王がおまえの父親だったとしても不思議はないはずだ！」

「残念だな。俺は自分の父親が誰だか知っている。会ったこともある。アルフレッド陛下ではなかったな、残念ながら」

薄く笑って言い切ったキースに、ゲイリーが大きく目を見開いた。

「嘘だっ！」

「俺が嘘をつかなきゃいけない理由はないだろう？　王家を恨んでるんだったらな」

　確かにそうだ。

　ゲイリーもわずかに気をそがれたように黙りこむ。

そして、うかがうようにつぶやいた。

「今も…、裏で金をもらってるのか……？」

「お得意の調査力で調べてみたらどうだ？」

　キースがせせら笑う。

「だったら、その父親とは誰だっ？」

「おまえに言う義理はないし、とっくに死んでるしな」

「ハッ…！　信じられるかっ」

「いいぜ？　だったら、俺のＤＮＡを提供しようか？」

「何……？」

　あまりにもあっさりと言われ、ゲイリーの声が驚きでうわずった。

「比較するには王のＤＮＡサンプルも必要になるな？　緋流から王に頼んでもらえばいい。ハハッ、ずいぶんな大事《おおごと》になるな」

「……どうせできるはずがないと思ってるんだろう？」

　荒い息をつきながら、ゲイリーがキースをにらみつける。

「いや、できるさ。大々的にその疑惑を記事にすればいい。そんな疑いをもたれていると知ったら、陛下も提供してくれるんじゃないかな？　国を挙げての一大イベントになる」

　キースの方からそんなことを提案され、さすがにゲイリーもとまどったらしい。

「だがもちろん、そんな記事を書いたあげくに間違いでした、じゃ、あやまってすむ問題じゃない。国王に対する不敬罪、名誉毀損《きそん》で、莫大な罰金と懲役の十年、二十年らいは覚悟してもらわないとな。悪くすれば、騒乱罪に、国家反逆罪ということもあり得る。どっちにしろ、あんたはでっち上げ記者として報道史に名前が大きく残るだろうな」

おもしろそうに言ったキースに、ゲイリーが低くうなった。

「そんなブラフで、俺が本気でやらないと思っているのか…？」

「やるやらないはあんたの勝手だ。パパラッチにも誇りはあるんだろう？　それだけ自信があるんなら、人生賭けてみろよ。ぶちこまれたら差し入れくらいしてやるぜ？」

にやりと笑って余裕を見せるキースを、ゲイリーがじっとにらんだまま、荒い息をついている。

おたがいに視線をそらさないにらみ合いは、ポーカーの真剣勝負にも似た空気だ。

「あぁ、勝負に出る度胸がないなら、先に俺を嘘発見器にでもかけてみるか？　それならもうちょっとハードルが低い。いつだって応じるが？」

確かに、そのくらいなら民間人にもできそうだ。

キースが簡単に底が割れる嘘をつくとも思えない。

ならば、やはりキースが王の隠し子だというのは……でっち上げとは言わなくても、単なる思い込みだ。

「――あぁっ、クソッ！　このネタは絶対だと思ったんだが…、読みが外れたのかよッ」

ゲイリーもようやく認めざるを得なくなったようだ。ファイルを壁にたたきつけてやけくそ気味に叫ぶと、ばったりと倒れるようにソファへ身体を投げ出した。

「ご愁傷様だな。そもそも最初から無理がある」

「あんたの顔が王に似てるのが悪いんだろっ」

「俺のせいじゃない」

あっさりと返すと、キースは勝手にデスクに近づき、ゲイリーのパソコンを調べ始めた。

「ふぅん…、これだけの材料でよく話を作ってるな。むしろ、小説家になればいい」

そんな嫌味を言いながら、さらに膨大にある写真らしいフォルダーを適当に開いていく。

「おい。勝手に触るなっ」

さすがにゲイリーが身を起こして、あせった声を上げたが、キースはかまわず、勝手に操作する。

「この写真…、この間の競馬場か？　やっぱりかなり持ってるな」

「おいっ、見るなって！　プライバシーだぞっ」

わめいて制止しようと迫ってきた男の胸を、キースが無造作に突き飛ばした。

ちらりと緋流の目にも入ったが、先日の競馬場の風景――ちょうど、バックヤードになっていたテントの周辺のようだ。

ゲイリーにしてみれば、競馬の結果よりもスクープ狙いで、護衛官たちの動きを追いかけていたのだろう。かなり望遠で撮っていたようで、誰かが被写体というよりも風景写真のようにも見える。

キースはパタン、とパソコンを閉じると、無造作に電源コードを引き抜き、本体だけを持ち上げる。

「おいっ！　おいおいおいっ、何する気だ!?」

さすがにあせった顔でゲイリーがわめく。

「この間の写真もあるようだからな。これは捜査資料として押収させてもらうよ」

パソコンを小脇に抱え、あっさりとキースが言った。

「そんな勝手なことさせるかっ！」

「あんたは快く協力してくれると信じている。なにしろ妄言を流布《るふ》して王室の威信を傷つけ、国を混乱させようとしたわけだからな？　立派な国家反逆罪だ」

「まだ何もしてないだろっ！」

とぼけた口調で言ったキースに、ゲイリーが血相を変えてわめく。

「テロ未遂と同じだ。すでに記事の下書きもあるようだし？」

「そ、そんな口実で、証拠を全部葬るつもりじゃないのかっ？」

「だから、ＤＮＡ検査にはいつでも応じると言ってるだろ」

うんざりしたように言い放ったキースがパソコンを緋流に渡し、思い出したようにゲイリーの胸倉を引きつかんだ。

「パソコン一つですんで助かったと思うんだな。もし緋流に手を出していたら、今頃、息の根が止まってるぞ」

すごんだキースに、ゲイリーが引きつった笑みを見せた。

「手なんか出すかよ…。逆に、補佐官殿には舌を出してもらうところだったけどな？」

それでもパパラッチなりの根性はあったようだ。が、毒づいた次の瞬間、キースの強烈な膝蹴りをもろに腹に食らって、男は濁ったうめき声とともに床へ崩れ落ちた。

そんなキースの様子に、緋流は少しとまどってしまう。

だがずっと自分をつけて来た——というのは、やはり祖母からの監視を依頼されていたためだろうか。

今のことも、緋流を助けに入ったというよりも、見当違いに自分のまわりをうろついているゲイリーがうっとうしかったということかもしれない。

あるいは――緋流に自分を信用させるためか。

緋流はそっと息を吸いこみ、腹に力をこめる。

「そのパソコンは監察課にまわせばいい。何か手がかりになるかもしれない」

ゲイリーのアパートを出て、キースがあっさりと言った。

「かまわないのか？」

母親にまつわる資料も入っているのだ。あるいは、キース自身があの爆発騒ぎを仕掛けたのだとすれば、その証拠も――いや、それをさっきチェックしていたのかもしれない。そして、ないという自信があるのか。

「かまわないさ」

あっさりと笑い飛ばす。

「ま、母の写真くらいは記念にもらっておいてもいいかな」

と、ちゃっかり持ってきたらしいさっきのファイルをひらひらさせた。

そう、キースの母親と国王とが音楽仲間だったのは間違いないようだ。親しい友人の一人だった、と言ってもいいのだろう。

――だが、ではなぜ……？

ふと緋流が考えこんだ時、いくぶん厳しいキースの声が耳に入った。

「おまえらしくないな」

「らしくないとは？」

緋流は冷ややかに聞き返す。

「簡単にあんな男の口車に乗りそうになった」

「王家を守るためだ」

「王家か……」

淡々と答えた緋流に、キースが息を吐く。そしてちらっと、いくぶん皮肉な笑みを浮かべた。

「俺の秘密を知りたかったのか？」

緋流は思わず、息を吸いこんだ。ぎゅっと拳を握る。

「知りたきゃ、直接、俺に聞けばいい」

そんな言いぐさに、カッ、と一瞬、怒りで頭の芯が熱くなる。何かが爆発しそうだった。

――秘密ならもう知っている！

と。

「必要ない。キース、おまえとはもう終わりだ」

必死に感情を抑え、緋流はぴしゃりと言った。

キースの足がふっと止まる。

「どういう意味だ？」

そしてじっと、にらむように緋流の横顔を見つめた。

「おまえの身体は、もう飽きた」

端的な言葉に、キースがわずかに目を見張った。しばらくは言葉にならないようだったが、ようやくかさついた声を押し出す。

「……年下の男にでも乗り換えるつもりか？」

ケネスのことだろうか。

「それもいいかもしれないな」

考えてはいなかったが、緋流はあえてちらっと笑って言った。

「あいつはやめろ」

プライドがあるのか、キースがとっさに緋流の腕をつかみ、いつになく切迫した声を上げる。

「離せ」

が、緋流は無造作にその手を振り払うと、通りかかったタクシーを止めた。

「もう俺にかまうな」

それだけ言い捨てると、素早く乗りこんで、立ち尽くしたキースを残したまま走り去る。

一人になり、ようやく肩から力が抜けていった。

見覚えのある街並みがウィンドウ越しに流れていく。


このひと月ほど、キースの古いアパートで土曜の夜を過ごし、日曜の昼過ぎに、緋流はこの賑やかな通りを抜けて先に官舎へと帰っていた。キースは夕方か夜になってから帰っているようだが、おそらくそれは、緋流が二人一緒に帰ることを避けているのだと察していたからだろう。

ダメだな……、と小さな笑いがこぼれる。笑いながら胸が苦しく、まぶたが痛いように熱くなる。

今のままキースとのつきあいを続け、祖母の狙いを探ることもできたはずだった。

だが男の腕の温もりや、髪を撫でる指の優しい感触や、熱い息づかいや……触れるたび、そんなものがすべて偽りなのだと思い知ることになる。

もうこれ以上は、無理だった——。

◇　◇

紫のリボン、紫のレース、紫のコサージュや、紫の髪飾り——と、それぞれに工夫を凝らした紫を女性たちが身にまとい、「ヴィオレット」が開催された。

オープニングは夜の十時。客席を取り払って作られた広大なダンスフロアで、選ばれた百五十組ほどの男女が生のオーケストラをバックに、スペンサーの正統的な群舞を踊ってみせる。その晴れ舞台を、両親や他の招待客たちは高い（場所的にも値段的にも）ボックス席からシャンパンを片手に鑑賞する。それが終わるとオーケストラはワルツに切り替え、数千人の客たちもフロアに下りて、いっせいに踊り始めるのだ。

最初の群舞には、もちろん王女も参加していた。パートナーはイアンだ。テレビクルーが入っていて、しっかりと映し出されていただろう。

次のワルツもイアンと踊り、王と王妃もすぐそばでそれに混じった。三曲目はパートナーを入れ替え、王が娘と、そしてイアンが王妃のお相手をする。

そこまでは規定の流れで、その後が争奪戦だ。タイミングを狙い澄ました若い男たちから、王女は次次と申し込まれることになる。イアンも誘われるたびに別の女性のお相手を務めながら、王女の様子を確認し、時々は王女の疲れ具合を見て間に入っては休ませている。鼻先で王女をさらわれた相手からすると、やはりイアンは憎まれ役なのだろう。

緋流たち護衛官も、今回は十人ほどが燕尾服で王や王女の近くで待機していた。フロアで踊っている時には、女性の護衛官とやはり近くのポジションで踊ることになる。優雅に見えるが、踊りっぱなしだとなかなかハードな持久走だ。

例年では警護でここまですることはなく、やはり先日の爆弾騒ぎを受けての特別警戒態勢だった。そのため、事前に緋流も他の護衛官たちのワルツ指導に入ったくらいだ。

マジかよー、とスタンなどは天を仰いでいたが、緋流にしてみれば、その分、キースと顔を合わせる時間が少なくなり、少しホッとしていた。

キースとはあれ以来、仕事の話しかしていない。何か言いたげな視線も感じたが、緋流の方で寄せつける隙を与えなかった。

そのキースは今回、建物内と会場まわりの警備担当だ。警護課の数班を率いて、要所の警戒に当たっている。

もちろん緋流たちも踊っているばかりではなく、国王や王妃がロイヤルボックスで休んでいる間は、廊下やロビーなどの巡回もまめに行っていた。

不審者はもちろん、今回はとりわけ不審物のチェックに目を光らせ、事前に爆発物が隠しにくいように備品やその配置なども見直したが、それでも参加人数が多く、豪華に花で飾られた劇場内には死角も多い。とにかく念入りに、何度も繰り返してチェックしなければならないのだ。

優雅に音楽が流れ、客たちが楽しげに語らう中、ずっと気を張りつめていた緋流だが、祖母たちと顔を合わせずにすんでいることはありがたかった。

この人数ならすれ違ってもわからない可能性はあるが、祖母からは、ヴィオレットで例のクリスタ嬢のパートナーを務めるように、という一方的な連絡が来ていたのだ。配偶者候補のパートナーに、という命令は毎年のことだが、緋流は「仕事があります」とバッサリ断っていた。軍服姿ならそれも言い訳が立つが、燕尾服を見とがめられるとまたうるさく言われるのだろう。もちろんこれも仕事の一環だが、説明したところで祖母の中で納得できなければ徒労でしかない。

真夜中の十二時を過ぎ、いよいよ宴もたけなわとなっていた。

踊り疲れて、自分のボックスやロビーのソファなどで休んでいる者も多いが、ランナーズハイの状態というのだろうか、若い客たちは相変わらずフロアで華やかな円を描いている。

次々とパートナーを変えていた王女は、今は世界的なサッカー選手と踊っていた。スポーツは得意でもダンスは苦手なようで、王女が笑いながらリードしている様子が微笑ましくもある。イアンの姿が近くに見えなかったが、どこかのお嬢様につかまっているのかもしれない。

国王と王妃はさすがにボックス席へもどっていて、カーマイン卿たちと語らっているようだ。ナインも今日は交代で、さりげなく王の近くにつくようにしている。

いったんフロアを出た緋流は、化粧室の周辺を見まわってから、壁際で一度、肩をまわした。

舞踏会の終了は朝の五時だ。国王や王妃はもう少し早く退出する予定だったが、それでも先は長い。

この日のために調整をしていたので眠気はないが、さすがに集中力が切れそうになる。

『緋流補佐官、明日以降の設営のトラックが地下へ入りましたので、確認をお願いできますか？』

と、インカムにそんな連絡が入り、わかった、と短く返すと、足早に地下への階段を下りた。

このあたりだとさすがに人気《ひとけ》が少なく、いくぶん人あたり気味だったのか、少しホッとする。

地下の駐車場では、大型のトラックが大きな機材や建材の搬入を始めていた。立ち会っていた護衛官の何人かが緋流に気づいて敬礼してくる。

今夜のヴィオレットに続く三日間、オペラ座は巨大な遊技場と化す。ディスコ系、ユーロビート系、ヒップホップ系とフロアによってさまざまなクラブが開かれ、今日のメインフロアは巨大なカジノに変わる。その下準備は今から始めなければ間に合わない。

ヴィオレットはチャリティだが、続く数日で観光客たちが落とす金は莫大な収益になる。生臭い話だが、「スペンサー王家」はこの国随一の巨大企業なのだ。歴史と伝統と近代的事業経営のすり合わせが、護衛隊の任務とも言える。

時間もないのだが、先日の競馬場での事件を考えると、搬入物のチェックには神経質にならざるを得ない。

……もっとも祖母の意を汲んだキースの犯行だとすると、すでに目的は達した。緋流の処分がまだ保留中とはいえ、危険を冒して今回仕掛けてくる必要はない。緋流を懐柔する――あわよくば、色仕掛けで自分の思い通りにする、というもくろみは外したとしても、それだけは成功したわけだ。

「補佐官」

緋流がそれぞれから確認の報告を受け、入場の許可を出したところで、ふいに呼びかけられた声に何気なく振り返る。

と、ケネスが足早に近づいてきた。いくぶん険しい表情だ。

「どうした?」

その様子に、緋流も少し緊張して聞き返す。

「実は…、向かいのホテルから少し様子のおかしい客がいると相談を受けたのですが」

「相談?」

緋流は怪訝に眉を寄せる。

様子のおかしい客、というのも問題だが、「相談」の意味がわからない。「通報」や「連絡」であればともかく。

「確信はないらしく、うかつに宿泊客を疑うこともできませんので」

「なるほど」

もっともな話だ。

「しかし、その客の部屋がオペラ座の正面に面しているので、窓からだと狙撃ポイントになりそうなんです。それで…、できれば騒ぎにならないように、どなたかに確認してもらいたいということなのですが」

――狙撃。

さすがに緋流も気持ちを引き締めた。

「おまえが確認しなかったのか？」

「僕のような下っ端《ぱ》ではなく、もっと責任のある方にお願いしたいと」

緋流は小さく息をついた。

確かにこのオペラ座の周辺には高級ホテルが建ち並んでおり、格式も高い。客もそれなりの人物ということなのだろう。今の時期だと、たいていはヴィオレットに招待された国外のセレブが多い。

「わかった。私が行こう」

そう言うと、ケネスが、ありがとうございます、とホッとした表情を見せた。

「向かいのホテルというと……」

「エリオット・サンクです」

ちょっと考えた緋流に、素早くケネスが答える。

ああ…、と緋流は小さくうめいた。

そうだ。例のフェルナン・ドロールがオーナーのホテルだ。

その不審な客の存在がオーナーの耳に届いているのかどうかはわからないが、フェルナン自身は、今は間違いなく、こちらのオペラ座で王女のダンスのパートナーになることを狙っているはずだった。少なくとも一度は、王女と踊っているところを見かけていた。

だがフェルナンもホテルのオーナー業をしているのなら、こんな場は顧客を広げるチャンスでもあるだろうし、馴染みの客をダンスに誘う必要もあるだろう。

ケネスに案内される形で、緋流は石畳の道を渡って向かいのホテルへ入った。

壮麗な古い貴族の館を改装したホテルで、四階建て。深夜にもかかわらず、ロビーは明るく賑やかだ。ヴィオレットの余波でオペラ座からこちらへ場を移して飲んでいる客もいるし、オペラ座と行き来している宿泊客も多い。どこもかしこも着飾ったドレス姿のご婦人たちと燕尾服の紳士ばかりで、軍服のケネスはともかく、緋流の姿はその中に紛れてしまえば護衛官とは思われないだろう。

「四階のスイートです」

乗りこんだエレベーターにはクラシカルな制服のエレベーターボーイがついていて、宿泊客以外が入りこまないようにという、一種のセキュリティだろう。

四階に到着すると、真っ白な手袋をはめた手で扉を押さえ、緋流たちを送り出す。

ケネスが先に立って、やはり歴史を感じさせる大きめの扉の前で立ち止まった。

「客の名前は？」

「あ、ええと、それが……」

思い出して尋ねた緋流に、なぜかケネスが口ごもる。

と、次の瞬間、がちゃり、と中からドアが開いた。

反射的に身構えた緋流の前に立っていたのは――

フェルナン・ドロールだ。やはり舞踏会に出ていたらしい燕尾服姿で、ちらっと緋流の顔を見ると、ふん、と鼻で笑った。

え？　と一瞬、緋流は立ち尽くす。意味がわからない。

「これはどういう……？　――なっ……！」

無意識に横のケネスの顔を見た瞬間、ドン、と勢いよく身体が突き飛ばされ、体勢を崩した緋流はそのままフェルナンの腕に倒れこむ。

「おっと…」

低く笑うようにしてフェルナンが緋流の身体を受け止めると、そのまますぐ後ろにいた別の男たちの手に引き渡された。両脇からがっちりと腕がつかまれ、身動きできない状態でさらに奥へと引きずられる。

「どういうつもりだ…っ？　ケネス！」

さすがに顔色を変えて緋流は叫んだが、ケネスはフェルナンと一緒にほくそ笑むばかりだ。

やられた――、と、ようやく緋流も悟る。一気に血の気が下がった。

スイートと言っていたのは間違いなく、リビングのような部屋から奥の寝室へと連れこまれ、あらかじめ用意されていた手錠で両手首がベッドへ拘束される。かなり計画的だ。

「おまえ……！」

よく見れば、自分を拘束した一人は護衛官だ。ケネスと一緒にリースを運んでいた男で、一緒にいるところも何度か見かけていた。

その他に三人の男がいたが、彼らはホテルマンのような地味なスーツ姿で、顔に見覚えもない。フェルナンの手下というところだろうか。

「あとは任せたぞ？　俺は早くヴィオレットにもどらねばならん」

寝室のドアのところに立ったまま、せかせかとフェルナンが言った。

「子爵はこの人の味見をしなくていいんですか？」

ケネスが首をかしげて尋ねている。

「……そうだな。帰ってきてからだ。あとでたっぷり可愛がってやる」

ちらりと酷薄な眼差しで身動きできない緋流を眺めて、フェルナンが唇で笑った。

「先にヤッていいんですか？　その頃にはこの男、もう搾《しぼ》り取られてるかもしれませんよ？」

「少しは残しておけ」

にやにやと冗談めかして言ったケネスにフェルナンが軽く返し、急ぎ足で去っていく。

それを見送ってから、ケネスがおもむろにベッドに近づいてきた。

「さて、緋流。どういう状況かわかりますか？」

上から緋流の顔をのぞきこみ、いかにも楽しげに尋ねる。思い出したように、インカムをむしり取り、足で踏み潰した。

緋流は気持ちを落ち着けようと、そっと息を吸いこむ。

「状況は理解している。が、意味がわからない」

まっすぐににらむようにして、それでも冷静に言った緋流に、ケネスが肩をすくめた。

「あなたがおとなしく僕とつきあってくれていれば、こんな面倒な手段をとる必要はなかったんですけどねえ…」

「おまえ……、まさか」

緋流は思わず目を見開いた。

つきあいを断ったせいで？　それだけでこんなことを？

「あ、もしかして振られた腹いせとか思ってます？まさか、違いますよ」

キャハハハッ、とけたたましく笑い出したケネスの目の奥は、まったく笑っていない。

「ていうか、そもそも僕があなたにつきあいを申し込んだのって、このためですから」

「このため……？」

まったく意味がわからない。

「あなたの精液」

——精液？

さらりと言われ、頭の中が一瞬、空白になる。本当に意味がわからない。

「つまりあなたは種馬ってわけですよ。あなたのお祖母様、レディ・オーランシュの依頼でね。どうしてもあなたの精液が欲しいんだそうです。お気に入りの女性にあなたの子供を産ませたいとかで」

「な……」

緋流は思わず口を開いたものの、言葉にならなかった。

祖母が……そこまで？

愕然とした。うっすらと寒気が背筋を這い上がる。とてもまともとは思えない。

「その彼女、あなたの精液をすぐに体内に入れられるように、医者と一緒に隣の部屋に待機してるんですよ。良家のお嬢様みたいなのに、すごい大胆だよね。ついでに、今回失敗した時のためにストックをたくさん用意しておきたいらしくて、冷凍保存の準備もしてるみたいで。すげー、笑える。ほんと、あのバァさんの執念には感心しますよ」

くっくっ、と本当におもしろそうにケネスが喉を鳴らす。

緋流は首筋から背中に冷や汗が流れるのを感じた。吐き気がする。

この先の展開は想像するまでもなかった。精液が目的なら、なおさらだ。

敵の人数は五人。ふだんなら何とかならないでもないが、両手が拘束されたこの状況では、動きようがない。

とりあえず、会話を続けている間は何とかなる。

頭の中で考えながら、必死に感情を抑えて緋流は言葉を絞り出した。

「競馬場で…、爆弾を爆発させたのもおまえか？」

実際、この男なら自分のタイミングでいつでも爆発させられたのだ。

「ええ。アレで今度の警備が王に集中したでしょう？」

歌うようにケネスが答える。

「……何の意味がある？」

自分を拉致《らち》するのに、そんな必要はない。

「ああ…、そっちの狙いはあなたじゃないんですよ。王女殿下の方から注意をそらしたかっただけで。あ、心配ないですよ？　別に王女の命を狙っているわけじゃない」

いかにも朗らかに言いながら、ケネスが何気ない様子で緋流が寝かされたすぐ横に腰を下ろした。

マットレスがわずかに沈みこみ、無意識に身体が固くなる。

だが王女の警護を手薄にして、王女が狙いでないとすると……？

「イアン……!?」

ハッと緋流は思いついた。

フェルナンが荷担しているのだ。フェルナンにとって、今一番目障りな人間はイアンだろう。

「今頃彼、どうなってるんでしょうね？」

ケネスがおもしろそうにうそぶく。

「殺す気か……？」

さすがに声が震えそうになる。

「さあ、そこは僕の役目じゃないんで。あー、でも、あなたには関係あるかな？」

「どういう意味だ？」

悪い予感に胸がざわつく。

「だって、交換条件ですからね。こうやってあなたを拉致する代わりに、バァさんの方でイアンを始末する。そういう取り決めみたいですよ。ま、交換殺人的な？」

ケネスがあっさりと言い放った。

競馬場の貴賓席で、祖母とフェルナンが話していたところを思い出す。

「僕は人殺しまでやるつもりはないけど、子爵はイアンを始末したがってたよね。まさかバァさんが自分でやるとは思えないけど、どうするんだろ……？」

他人事のような言葉に、緋流は思わず息を詰めた。

イアンが狙われているということにもあせるが、それに自分の祖母が関わっているという事実にも背筋が凍る。

だがあの祖母なら、伯爵家を守るために——守るためだと信じていれば、人殺しでもやりかねない。

すぐにでも止めさせなければ、と思うが、今は自分がここを抜け出すことも難しいのだ。

——助けを期待できるだろうか……？

緋流と連絡がとれなくなれば、何かあったのかと疑う可能性はあるが、イアンに大きな問題が起きていれば、こちらに注意が向くタイミングは遅くなるかもしれない。そうでなくともケネスが間に入っていれば、適当に言い訳して捜索を遅らせることもできるだろう。

だがそのあと、自分をどうするつもりなのか。もちろん、そのまま帰してくれるという期待はできない。

たっぷり精液を採って、何度でも人工授精させられるだけのストックがあれば、緋流本人は祖母にとってもう必要ない。殺され、ゴミのように捨てられるのか。さすがにぞっとしない。

だが、その前に——。

緋流は無意識に唇をなめ、自分を取り囲む男たちを見まわした。

「ケネス、おしゃべりはもういいだろ？　こいつの精子を待ちかねてるレディもいることだし、さっさとやろうぜ」

焦《じ》れたように、もう一人の護衛官がベッドに近づいてくる。

「あわてるなよ。うかつに近づくと危ないぞ？」

にやりと笑って緋流を見下ろしたケネスが、手を伸ばして緋流の蝶ネクタイをむしり取る。

「そういえば、相手の女が来てるんなら、そのまま乗っかりゃいいんじゃないかって気もするけどな。あ、あなたは女相手じゃ、勃《た》たないんでしたっけ？」

あざけるように言いながら、さらにベストのボタンを外し、サスペンダーを弾くように取り外す。

「——やめろっ」

緋流はとっさに身体をひねるようにして抵抗したが、かまわずケネスの両手がシャツの襟に掛かり、力ずくで引き裂かれた。ボタンが弾け飛び、一気に胸が剝き出しにされる。

好奇と好色の眼差しでベッドの緋流を取り囲んでいた男たちから、ほぅ…、とため息のような、うめき声のようなものがこぼれる。

「すげぇ…、そのへんの女より肌がきれいだな」

もう一人の護衛官が吐息のような声をもらすと、誘われるように膝でベッドへ乗り上がり、足下から身を乗り出してくる。

瞬間、緋流は片足を強く突き出し、男の腹を蹴り飛ばした。

ぐぁっ、と詰まった声を上げて男の身体が吹っ飛ぶ。

「なっ…、おまえっ！」

あせったように、男が二人、緋流のそれぞれの足を強引に押さえこんだ。

「だから危ないって…。腐ってもこの人、護衛官なんだし」

背中から床へ倒れた同僚をあきれたように眺め、ケネスがため息をついた。

「腐ってるのはきさまだ…！」

腹から声を出して叫んだ緋流に、ケネスが不機嫌に鼻を鳴らす。

「今時、王家のためってだけでやってられないでしょう、こんな仕事。子爵は王宮の中に情報源が欲しかったみたいで、結構いい小遣いをくれるんですよね。せっかくの立場は最大限に利用しないと」

「金で魂を売ったわけか…。最近は護衛官の採用基準も落ちたようだな。人事へ意見しておこう」

まっすぐにケネスをにらみ、緋流は低く言葉を押し出す。

ケネスが軽く肩をすくめた。

「今の世の中、楽しいことはいっぱいあるけど、何をするにも金が必要ですからね。……ま、コイツは、ギャンブルの借金がかさんでるみたいだけど」

と、もう一人の護衛官を顎で指す。

「きさま……！」

ようやく起き上がった男が蹴られた腹を押さえながら枕元に近づき、乱暴に緋流の髪をつかみ上げた。

憎々しげに緋流をにらみ下ろし、吠えるように言う。

「さっさとやろうぜ…っ。めちゃくちゃにしてやるよッ」

「僕が先だよ」

ケネスがきっぱりと返すと、緋流の靴を脱がせ、ズボンを強引に引き下ろした。

「よせ……！　やめろ……離せっ！」

緋流は足をばたつかせて必死に抵抗したが、左右から二人の男に足首や腰を押さえこまれて、まともに身動きもできない。そのまま下着まで一気に引き剝がされた。

剝き出しになった下肢が男たちの目にさらされ、羞恥と恥辱で頭の中が真っ赤に染まる。

「おとなしく僕とつきあってくれてれば、こんな目にあわずにすんだんだけどな。優しくしてあげたのに。……ねえ、僕のどこが不満だったんです？　年下ってのがダメだったのかな？」

ねちねちとケネスが耳元に言葉を落とす。やはりかなり根に持っているようだ。

そして緋流の足を押さえつけている男たちに指示して、淫らに足を大きく広げさせると、そのまま膝を折り曲げるようにして軽く腰を浮かさせる。

「やめろ……っ！」

恥ずかしい部分をまともに見せつけるようなその格好に、さすがに緋流は声を上げた。情けなさに涙がにじむ。

他人の手で射精させられ、精液が採られる——想像するだけで身震いするほどおぞましく、屈辱的だった。

「あー、さすがにまだその気になれないかな。あなたを楽しませるために、バイブとかいろいろ用意してるんですよ？　たっぷりと出してもらわなきゃいけないんでね。あ、でも薬とかローションは精子に影響するかも、ってＮＧみたいで、ちょっと痛いかもなあ…。フェラもしてあげられないし？　ローションとかは後ろに使う分には、そんなに問題ない気もするけどね」

　そんなことを口にしながら、ケネスが手のひらで緋流の内腿を撫で上げる。

　緋流は無意識に息を詰めた。

「あなたのバァさん、あなたを僕たちで輪姦《まわ》すの、許可してくれたんですよ？　すごいよね。家族公認。あの子には罰が必要です、だって。悪い子なんだなぁ、緋流サン」

　おもしろそうに言いながら、ケネスが検分するように、まだ力のない緋流の中心を無造作に手の中でいじりまわす。

　ザッ…と、全身に鳥肌が立った。

「なぁ、あとでコイツ、四つん這いにして俺の、くわえさせてもいいか？　ふだん、あれだけ偉そうにしてるヤツに俺の味を教えてやるよ」

　嗜虐的な笑みを浮かべて、もう一人の護衛官が緋流を見下ろす。

「今はやめとけって。食いちぎられるよ。見かけによらず凶暴なの、さっきわかっただろ？」

「おー、こわ」

「そのうち気持ちよくなって自分から腰を振るようになったら、悦んでおしゃぶりしてくれるんじゃないの？」

　そんな会話を交わしながら、ケネスが自分の指にゴムをかぶせ、浮かせた緋流の腰を探ってくる。

「やめろっ、触るな……っ！」

　緋流は必死に腰を逃がそうとしたが、さらに強い力で両脇の男たちに押さえこまれる。

「そういや、採精用のコンドームをつけるんだっけ？　容器にとるの？」

緋流の声など耳に入っていないように、誰にともなくケネスが尋ねた。

「あ、どっちもです」

男の一人が返している。

「容器に射精させればいいんだよね。なんかすごいマヌケな格好だけど」

くすくすと喉で笑う。

そして指先で緋流の後ろを確認すると、まだ硬い窄まりに軽くねじこんできた。

「先に採取をすませないと。とるモノをとれば、あとは中出しでも顔射でも、好き放題だから。ちょっと痛いかもしれないけど、我慢してよね、緋流サン。あぁ、でも慣れてるかな」

「――ん…っ、……あ……、や……」

ゆっくりと男の指が中へ入ってくる感触に、その痛みに、緋流は思わずうめき声をもらす。

「力、抜いてる方が、自分が楽だと思うけど？」

言いながら、さらに指を押しこんでくる。

そこで味わう痛みには慣れている。何度も抜き差しされ、探り当てた前立腺のあたりを執拗にこすり上げられて、うねるようにせり上がってくる熱にたまらず緋流は腰を跳ね上げた。

「あぁぁっ……！　あっ、あっ……、は…ん……っ！」

「へぇ、見ろよ。もう腰がガンガン揺れてるぜ。顔に似合わず、すげえ、淫乱」

あざけるような男の声がどこか遠くに聞こえる。

「ほら…、乳首とかいじってやって。気持ちいいんじゃない？　もう立ってるし」

ケネスの声にうながされ、荒い息づかいが肌に触れる。

「ヒッ…！　あ…あぁっ、あぁぁ……っ、やめ……

っ…」

両側から弾くように何度も乳首がなぶられ、きつく摘まみ上げられて、緋流は上体を反らすようにしてのけぞった。

痛みが肌に沁みこみ、身体の奥から熱いうねりになって全身に広がっていく。

自分のいやらしい声が耳に反響し、体中が痛みを快感に変えようと淫らにくねる。

結局、誰にされてもか……。

そんな思いが胸に迫り、もう何もかも、すべて投げ出したくなった。

と、その時、ふいにケネスの動きが止まった。後ろをなぶっていた指が引き抜かれ、緋流は少し息をつく。

どうやらケネスの携帯に着信が入ったようだ。

別の男から携帯を手渡され、ゴムをつけていない方の手で受け取る。

「どうした？」

お楽しみが中断されたからか、いくぶん不機嫌に電話に出るのを、緋流は荒い息を整えながら耳にした。

「――キース？　ヤツが来たのか？　ああ……」

が、わずかに跳ね上がったその言葉に、一瞬、息を呑む。

「そうだな。まぁ、いいか。エレベーターに乗せてやれ。四階のスイート」

続くそんな声に、そういえばキースも祖母に雇われていたのだと思い出す。つまり、この連中の仲間だということだ。

冷たい絶望が身体を浸していく。

『あんたはきれいで誇り高い』

ふいに、そう言ったキースの声が耳によみがえった。

どういうつもりで言ったのだろう……？

だがキースは、自分を見誤っていた。

こんなクズのような連中の手でも、簡単に悦んでしまう淫乱な身体だ。

いや、キースのあの言葉も、しょせん口先だけだったのだ……。

ケネスの指が再び後ろに挿入され、同時に前も手の中に握られて、根元からこすり上げられる。

「く…ぁ…、あっ、あっ……んっ、あぁぁ……っ」

腰の奥から熱が噴き出し、たまらず緋流は腰を振りたくった。こらえきれず、先端から蜜がにじみ始めたのがわかる。

「すげぇ…、ちょっと我慢できそうにないですよ……」

脇で立っていた男がかすれた声でうめき、せかせかと前を緩めて自分のモノを取り出すと、わずかに濡れた先端を緋流の頬にこすりつけてくる。

気持ちの悪い感触に、緋流は反射的に顔を背けた。

「おいおい…、おまえの安い精液とか飛ばすなよ？ 混じったらまずいって」

あきれたようにケネスが声を上げる。そして緋流を見下ろして言った。

「んー、そろそろイキそう？ 容器、構えておいて。出す時は言ってくれると助かるんだけどな」

「すげぇ、色気だな……」

興奮した男の声が混じる。

「なぁ、こいつ、このあとどうするんだ？ バァさんとこに返すのか？」

「監禁しとくみたいなことも言ってたけど。薬漬けにして、客をとらせるって手もあるかもね」

「ああ…、だったら、また遊ばせてもらってもいいかもな。もしくは俺たち専用のオナホールにするとか？」

男が密やかに笑った時だった。

ドアチャイムが響き、ケネスが軽く顎を振って、緋流の顔に自身をこすりつけていた男がしぶしぶとモノをしまい、隣のリビングへと出ていった。

そしてまもなく、開けっ放しだった寝室のドアのところにキースが姿を現す。

「よう、キース。あんたも混ざりに来たのか？」

ちょうど出迎える形になった同僚の護衛官が、からかうような声をかける。

うっすらと涙ににじんだ視界に入ったキースの顔を見て、緋流はきつく唇を噛んだ。

「あぁぁ……っ！」

同時にぐいっ、と中に入った指が押し上げられ、ズン、と走り抜けた刺激に、緋流は淫らに腰を跳ね上げる。

「や、来たね」

振り返り、勝ち誇ったようにケネスが笑う。

「もうちょっとで採取はできそうだから。それが終わったら、僕たちのご褒美《ほうび》タイム。あんたにもあとで絞りかすくらいはなめさせてやってもいいよ？そこで指をくわえて見てれば？」

「何をしている？」

対照的に、低い、感情の失せたキースの声が耳に入った。

「何って、見ればわかるだろう？　あんたがやり損ねたこと。あんた、うまいことやってこの人とつきあってるのかと思ったけど…、何、もしかして触らせてもらえなかったの？」

あざけるようなケネスの言葉に、そういえば、とうつろな頭で緋流は考えた。

精液を採るつもりなら、キースは今までに何度もチャンスはあったはずなのに。

「って、まさか本気になったとか、カワイイこと言わないよね？　ミイラ取りがミイラになった？」

ケネスがいかにも驚いたように目を丸くしてみせる。

「まさか。そんなことはない」

それにキースは淡々と返した。

緋流は無意識にきつく目を閉じる。

今さら、ショックなことなど何もない。

「俺は初めから、ミイラなんかをとりに行ってないからな」

しかしさらりと続けると、次の瞬間、わずかにかがんだ身体が鋭くしなり、半身、振り返りざまに、同僚の男の顔面に肘をたたきこんだ。

ガグ…ッ！　と声にならないうめき声を上げて倒れた男の頭が後ろのチェストに激突し、すさまじい音を立てて床へ崩れ落ちる。

えっ？　と瞬間、固まった空気を逃がさず、キースの足が手近な男の脇腹へめりこみ、緋流の片足を押さえていた男の身体が吹っ飛んだ。

「きさま……！」

頭に血を上らせたもう一人の男が、がむしゃらにキースに殴りかかっていく。

さすがに表情を変えたケネスが迷うように緋流をにらみ、とっさの計算か緋流の手錠を外した。

ようやく自由にはなったが、すかさずケネスは緋流の腕をつかんでベッドから引き起こす。

よろける足でなんとか体勢を立て直しながらようやく顔を上げた緋流は、瞬間、叫んでいた。

「――キース、後ろっ！」

殴りかかってきた男を逆に手際よく殴り倒したキ

ースだったが、その後ろで、最初に倒された護衛官が身体を引きずり起こしながら、腰の拳銃を引き抜いたのだ。

瞬時にその声に反応したキースが振り返ると同時に、乾いた発砲音が耳を打つ。

緋流は息を呑んだが、発射されたのはいつの間にか握られていたキースの銃だった。相手の手が撃ち抜かれ、銃が弾け飛ぶ。男がうなり声を上げながら血まみれの手をもう片方の手でつかみ、絨毯を転げまわっている。

キースはその男の銃を蹴り飛ばし、首筋を自分の銃床で殴り飛ばして黙らせた。悲鳴がやんだところを見ると、どうやら男は失神したらしい。

ホッとした瞬間、背中から燕尾服の襟が引きつかまれ、耳元で高い声が叫んだ。

「そこまでだ、キース！」

ケネスの荒い息づかいが耳に当たり、緋流の右肩を二脚代《バイポッド》わりに銃が構えられているのがわかる。冷たい金属の感触が頬に当たった。

キースがゆっくりと振り返る。

緋流を間に、二人の銃がまっすぐに向き合っていた。恐ろしいほどの緊張に、空気が凍りつく。

「銃を捨てろっ！　さもないと、こいつを殺す……！」

ケネスがわめいた。

……どちらが有利なのだろう？

冷静に緋流は考えた。

ケネスは緋流の身体を盾にして、目だけを肩のあたりから出している状態だ。対してキースには、身を隠すものはない。銃を捨てれば、キースが殺される可能性は高い。

ケネスも護衛官だ。この距離で、あれだけ的が大きければ外さない。

「逃げられると思うのか？　フェルナン・ドロールは拘束されたぞ」

静かに告げたキースに、ケネスが背中でビクッと震えた。

だがそれで、さらに自棄になったようだった。

「そうか…。だったらコイツを連れて、逃げるところまで逃げるしかないようだなっ！」

わずかに目をすがめたキースが、視線はケネスからそらさないまま、短く言った。

「緋流、動くな」

それだけを短く。

「ふざけるなよっ！　さっさと銃を捨てろっ！」

ケネスがわめく中、キースの目はただじっと、目の前の銃を見つめているようだった。

「おまえっ、さっさと言う通りにしろ！」

そしてケネスが頭に血を上らせ、その銃口がわずかに浮いた瞬間――

バン…！　と轟音が部屋いっぱいに反響する。

一瞬、痛みにも似た熱が頬をかすめた。

次の瞬間、ドン…！　と背中で大きな音が響く。

襟首をつかんでいた力が消え、振り返ると、衝撃で飛んだケネスの身体が後ろの壁にたたきつけられていた。血飛沫《ちしぶき》がロールシャッハテストのように豪華な壁紙に飛び散っている。

わずかに痙攣するようにして絨毯へ崩れ落ちたケネスは、えぐられるように右目が撃ち抜かれていた。

しばらく息を詰めて、緋流はその光景を見つめる。

「悪いな。そこしか狙えなかったんでね」

背中に聞こえた声にそっと顔をもどすと、キースが床で動かなくなった男をじっと眺めていた。

そう、ケネスが緋流の背中に隠れていなければ、キースも命に別状のない別の場所を狙うこともできたのだろう。

　そういえばもう一人いたと思ったが、姿を見せないところをみると、キースを入れるためにドアを開けたところで先に沈められていたらしい。

　ちらっと緋流を見たキースがいったん視線をそらし、そして無言のまま、拾い上げたズボンを渡してくれる。

　よかった、と思う。下肢を剝き出しのまま、ホテルを出て人前を連れまわされていたら、さすがに今後の仕事に差し支えそうだ。サスペンダーがないと少し緩いが、仕方がない。

　――助かった、のか……。

　ズボンを穿き、乱れた衣服を整えるとようやくそれを実感して、ホッと息をつく。

「撃たせて……、悪かった」

　ちらりとケネスの遺体を見て、緋流は小さく言った。

　キースにしても、決して殺したかったわけではないはずだ。

「いや、信用してくれて助かった」

　狙撃手としてのキースの腕は信用できる。動くな、と言われれば、言う通りにした。

　ふいに伸びてきたキースの手が、そっと緋流の頰に触れてくる。確かめるように指先でなぞり、両手ですくい上げるようにして包みこむ。

　まっすぐな青い目が、瞬きもせずに緋流を見つめた。

「何度でもする。何人でも殺す。あんたを取りもどすためならな」

　緋流は息もできないまま、その目を見つめ返す。身体の中で、ドクッ…と大きく心臓の音が反響する。

「おまえを……愛している」

かすれた声。そのまま顔が引き寄せられ、キスをされるかと思ったが、キースは寸前でとどまった。ただ額を、頬を、強く緋流のそれに押し当てる。

じわりと男の温もりが沁みこんでくる。胸がいっぱいになっていた。

愛している――。

その言葉が体中を、指先まで満たしていく。

「キスして……いいか？」

だがわずかに震える声で許可を求めてきたキースに、ちょっと笑いたくなった。

「ここでダメだと言ったら……、私はずいぶんと人でなしなんだろうな」

「まったくだ」

どんな機会もモノにする主義らしく、キースがしゃあしゃあと答える。

そしてそっと、指先で唇に触れた。

目を閉じた緋流の唇に、やわらかい熱が触れる。

こんなふうに、誰かにキスを許したことはなかった。

キースの唇はすぐに貪るように熱を帯び、濡れた舌先が唇を割って中へ入りこむ。きつく舌が絡められ、何度も吸い上げられて、何も考えられなくなる。

力の抜けそうな身体を支えようと、無意識に伸びた腕がキースの肩にしがみつき、その瞬間、緋流の背中にまわった男の腕が、強く緋流を抱きしめる。

覚えのある腕の強さに、その温もりに、泣きそうなほど安心した。

裏切られたのだと思った。だが…、翻意《ほんい》したということだろうか。それとも、緋流についた方が得だと計算したのか。

しかしもう、どうでもよかった。今、腕の中にある温もりだけが確かなものに思えた。

「ヤバい……」

ようやく唇を離し、キースがかすれた声でつぶやく。

と、何かに気づいたように、キースがポケットに入れていたらしいインカムをつけ直した。

「……ああ、スタン。大丈夫だ、終わった。……わかった。こっちも回収に来てくれ」

床で気を失っている数人と、そして永遠に目覚めない一人をちらりと眺めて、キースが応えている。

「隣の部屋の……医者？　それに女を拘束したそうだ」

ああ…、と緋流は小さくため息をつく。そして、ハッと思い出した。

「イアンは？　イアンが危ない」

「ああ、そっちは大丈夫だ。実はケネスについては、以前から情報漏洩《ろうえい》の疑いで監察課の監視対象になっていたらしいな。フェルナンとつながっていることも調べはついていたようだが、しばらく泳がされていたんだ。それが…、例のパパラッチのパソコンを監察課に提出しただろう？　あの中にあった競馬場での写真、数百枚を監察課がチェックして、爆発前後のケネスの怪しい動きを確認したようだ。ちょこちょこと写真の隅に映っていたくらいで、初めからケネスを狙って探さないと顔の判別も難しいくらい小さかったみたいだから、かなり苦労していたが。ケネスがフェルナンとつながっていれば、目的も、今日の標的も推測できる。イアンも用心していたからな」

「……情報の共有はどうなっている？」

淀みない説明に、さすがに腹立たしく、緋流は低く言った。

初めからそれがわかっていれば、緋流にも動きようはあった。

「監察課だぞ？」

肩をすくめ、あっさりとキースが答える。

まあ、護衛隊の中でも唯一、秘密主義が許される部署だ。

「といっても、ケネスが爆破犯だと確認したのも、今夜のヴィオレットが始まったあとのことだったようだから、そう言ってやるなよ。監察課の連中も、ここ二、三日は徹夜だったらしいぞ」

「ずいぶんと肩を持つな？」

ふと、緋流はキースの顔をのぞきこむ。

「おまえ、まさか監察課のスパイ――」

「それはない」

あわてたように、キースが手を振った。

「ただ、ケネスが俺を気にしていたのにマックスが気づいたようで、何か情報があればまわしてくれと言われていたくらいだ」

なるほど、ケネスはキースが監察課に疑われていると思っていた、もしくは緋流にそう思わせようとしていたようだが、実際には逆だったわけだ。

「ただ、刺客として送られた男が予想外だったんで、イアンも直前に自分が狙われていると聞いていなければ、ちょっと危なかったかもしれないいな」

「予想外？」

キースの言葉に、緋流は首をひねる。

「エスター・デュカス」

「うちの執事か？」

さすがに目を見張った。

「あまりにも目立たない男だからな…。すれ違い際にナイフで刺殺しようとしたようだ。あの人混みで大胆だが、人混みだからこそ有効だったかもしれない。刺したあと、そのまま客の中に埋没できる。みんな普通に手袋をしているから、ナイフに指紋も残らない」

　キースがなかば感心するように顎を撫でる。

「エスターは昔、軍にいたことがある。若い頃は祖母のボディガードもしていたようだから、そこそこ扱い慣れていたんだろう。捕らえたのか？」

「ああ。今のところ、護衛隊の管轄内だが」

　警察へ届け出てはいない、ということだ。護衛隊も軍である以上、隊内の軍法会議のようなものがあるし、逮捕権も持っている。ただエスターやフェルナンは民間人であり、裁判をするには司法機関に引き渡す必要がある。

「祖母は？」

　共犯というより、主犯だろう。

「関与を否定している。エスターも個人的な恨みによる犯行だと主張している」

　そうだろうな、と想像はついた。

「フェルナンは？」

　そういえば、捕らえた、とさっきケネスに言っていたようだが。

「今のところ、参考人として連行されて聴取を受けている」

　エスターが個人的な犯行だと言い張っていれば、ケネスが死んだ今、そちらの容疑とフェルナンを結びつけることは難しい。床に転がっているもう一人の護衛官は、おそらくケネスが仲間に引き入れたのだろうが、どこまで知っているのか、教えられていたのかも怪しい。

　監禁については、舞台はこのホテルなので関与がないと言い逃れられるかどうか怪しいが、ただこの件については被害者が緋流自身だ。事件化するかどうかは、緋流次第なのかもしれない。

正直なところ、祖母の妄想で精子を搾り取られそうになった、などと口にもしたくない。

だが緋流が正式に証言すれば、ケネスとフェルナンとの関係を証明できるのだろう。

そして、キースがケネスを撃った正当性も。

ただ祖母は——爆弾騒ぎについては、フェルナンがやらせたにしても、祖母が関わっていたわけでなく、実際に知らなかった可能性も高い。家と自分のことにしか興味がない人だ。

緋流は目を閉じて、少し長い息を吐いた。

「持ち場にもどらないと」

ぽつりとつぶやくように口からこぼれる。

「大丈夫だ。向こうは全部片付いている」

「そうか……。だが、行かなければ」

落ち着かせるようにキースは言ったが、それですむはずもない。

緋流の家の事情に、王家を巻きこんだのだ。少なくとも事態を悪化させた。聴取を受ける義務はあるし、処分も覚悟する必要がある。

たった一つ、血のにじむような努力で築き上げてきた自分の居場所が失われるかもしれない——。

その恐怖が重く胸を押し潰した。

無意識に下を向いた緋流の目に、赤く染まった両手首が入ってくる。手錠で擦れた痕だ。薄く血がにじんでいる。

身体に刻まれた枷《かせ》のようだった。……そう、背中の鞭の痕と同じ。

思わず隠そうとしたその手が、キースに優しくつかまれた。

そのまま口元まで持ち上げられ、なめるようなキスが落とされる。

「緋流、何一つ、おまえに責任はない」

手を握ったまま、キースが静かに言った。

「何一つ、おまえにミスはない。おまえがすべてを捧げてきた護衛隊は、そのくらいの判断はできる。心配するな」

淡々とした口調で、それだけに力強い言葉に、緋流は大きく息を吸いこんだ。

胸が詰まって、言葉にならない。

ドアチャイムが響いた。

「キース？　いるか？」

ためらいがちなノックに続いて、スタンのうかがうような声がくぐもって聞こえる。

時刻は午前二時過ぎをまわったくらい。

長い夜になりそうだった。

◇　　◇

緋流がその馴染んだ場所に着いたのは、白々と朝日が昇り始めた明け方だった。

街は昼間の健全な賑やかさとも、夜の猥雑な喧噪ともまるで違う顔を見せている。人影のない白い街はまるで廃墟のよう、というより、短い休息の時間を過ごしている生き物のようだった。

今の時間まで事情聴取があったわけだが、事実として、護衛官が一人殺されかけ、一人が死んだのだ。そして一人は重傷を負って病院に収容されている。長々と聞かれるのは当然だった。

護衛隊の強い団結力をもって、騒ぎもなく華やかなうちにヴィオレットは閉会し、ホテルの四階フロアは閉鎖されて、密かに遺体も運び出された。事件はまだ表沙汰にはなっていない。おそらく国王への報告も、明日以降――昼か夕方以降になるはずだ。

複数の護衛官と名門貴族の家が二つも関わったこの事態をどう収束させるのか、その着地点を決めてから、ということだろう。今頃はまだ、監察官やナインたちも徹夜のまま、協議を続けているはずだった。

緋流の処分や進退も、まだ決まる段階ではない。それでもすべてを話して、気持ちもすっきりとしていた。肌を刺す朝の冷気も、少し心地よい。

緋流はすり減った狭い階段を上がり、薄暗い廊下でドアをノックする。

すぐにキースがドアを開けてくれた。

中へ入り、いつもと変わらない雑多な空気感に、少しホッとする。

キースのアパートに来るのもひさしぶりだった。

そう、終わりだ、と告げた時から、当然ながら足を向けていなかったから。

だが今日は、先に聴取を終えたキースから、終わったら来てくれ、と言われていたのだ。ずっと待っている、と。

緋流にしても、まだ聞いておきたいことがあった。

「ビールでも飲むか？　あぁ、あんたならワインだろうが……」

「ビールでいい」

しまったな、というようにちょっと難しい顔をしたキースに、緋流は短く答えた。

ベッドが部屋の大半を占める部屋で、ここではセックス以外のことをした記憶がない。それだけに今は少し、妙な心地だ。何気ない、こんな会話でさえぎこちない。

奥へ入ってとりあえずコートを脱ぎ、古いソファに腰を下ろした緋流に、キースが瓶ビールの栓を抜いて持ってきてくれる。冷蔵庫がないので、少しぬるめだ。

「聴取はどうだった？」

「全部話した」

何気ない様子で聞かれ、緋流はそれだけを答える。実際、聴取を受けて自分の口で話しながら、自分の頭の中でもようやく整理がついていく感じだった。

「なぜ…、祖母はおまえを雇った？」

向かいのベッドへ腰を下ろしたキースをまっすぐに見て、緋流は尋ねた。

それが事情聴取の中で残った疑問だった。

接点がわからない。というより、あるとは思えない。

予想していたのか、キースが小さくうなずく。グッ、とビールを大きく一口、喉に落としてから、口を開いた。

「おまえのばあさんは護衛官のおまえに近づける人間を探していた。それを聞いた庭師が、俺を紹介した」

「庭師？」

昔と違って、オーランシュ家に住み込みの庭師はいない。だが広大な庭を維持するために、週に二、三度通ってくるお抱えの庭師が古くからいたのは、緋流も知っている。

「言ったろ？　俺はちっこい頃からいろんなバイトをしていた。射撃場も、おまえの家の庭師の手伝いもその一つだ」

ちょっとおもしろそうな眼差しで言われ、え？　と緋流は瞬きする。

「覚えてないだろ？　六つの時、おまえと初めて会った。一年くらい、おまえんちの庭で何度か遊んだんだけどな」

肩をすくめるようにして言われたが、まったく覚えていなかった。

幼い頃にいい思い出はなく、あの家の中の記憶は無意識にも封印していたのだろう。

小さい頃は友達などいなかった。何人か、名家の子弟が連れてこられて紹介されたこともあったが、一緒に遊んだ記憶などなかった。

だが……そうだ。

ほんの数回、庭で同い年くらいの男の子と遊んだことをおぼろげに思い出す。

木登りを教えてもらったり、かくれんぼをしたり。半分ばかりは、庭師の手伝いの手伝いみたいなことをしたり。初めての体験で、ワクワクして。だが祖母に見つかると、すぐに連れもどされた。

『やっぱり卑しい子は汚らしい使用人の子と遊びたがるのかしらね。おお…、こんな子がオーランシュの血筋だなんてとても信じられないわ！　そんな暇があったらマナーの一つ、外国語の一つも覚えたらどうなの!?』

ヒステリックに叫び、両手や背中を鞭打たれた。

その子と遊ぶのは悪いことだと、身体に教えこまれたのだ。

「おまえ……」

緋流は呆然とつぶやく。

あの時の子供が、キースだったのか……？

そんな緋流を、キースがやわらかな眼差しで見つめた。

「俺が最初に、大人になったらスカーレットになるんだ、っておまえに言った。護衛官はこの国で一番、強くてきれいな存在だから。そしたらおまえも、自分もなるって宣言した」

あっ、と緋流は息を呑んだ。

いつの間にか、護衛官が自分の未来だと確信していた。いろいろと調べて、そう決めた。

だが、初めて教えてくれたのが誰だったのか、覚えてはいなかった……。

「本当は、あの鬼ババアのところからおまえを助け出すにはどうしたらいいか、ガキなりに考えてたんだよな。護衛官になったら、それができると思ったんだ。けど、あのあとおまえは学校の寄宿舎へ入ったし、名家のお姫様を奪いに行くには、俺にもそれなりの準備が必要だった。だがおまえも護衛官になるとわかっていたから、先に入って待ってたよ」

キースが吐息で笑う。

「庭師のじいさんとは、今もつきあいがある。俺がオーランシュの坊ちゃんをずっと気にかけていたのを知っていたから、執事が何気なく、奥様が護衛官に近づける人間を探してらっしゃるんだが、って口にした話を聞いて、俺からばあさんに近づいた。俺が間に入ってりゃ、ばあさんがおまえにやろうとしてることもわかるからな」

「それでか……」

ようやくつながって、緋流はうなずく。

「ばあさん、初めは子爵に相談してケネスをおまえに近づけたようだが、おまえが相手にしなかったからな。痺れを切らせて自力で誰か見つけようとしたんだろう。ケネスは俺が後釜になったことを聞いて、かなりいらついてたよ。まだ距離を詰めている最中だから邪魔するな、って言われたし」

通用門でかち合った時には、それを言い合っていたのだろうか。

「身体の関係に持ちこんで精子を持ってこい、って言われた時には、正直、ぶっ飛んだけどな…」

キースが苦笑いする。緋流にとっては、とても笑い事ではなかったが。

だが初めから、キースは裏切ってなどいなかった。自分が信じていなかっただけだ。

緋流は無意識に唾を飲みこんだ。ビールの瓶を横のテーブルに置き、静かに立ち上がる。

ベッドの端に腰を下ろす男の前に立ち、無意識に息を詰めてキースを見下ろす。

「まだ…、私が欲しいか？」

冷静に聞いたつもりで、声が少し震えた。

「愚問だな」

あっさりとキースが答える。

「言ったろ？　一目惚れだって。最初に会った時からな」

そんな昔から、自分を見ていたのだろうか……？

緋流は存在すら、忘れていたのに。

キースがビール瓶を床に置き、空いた手でそっと緋流の手を取った。そのまま、自分の唇に押し当てる。

「あんたが欲しい。全部、欲しいんだ」

まっすぐに迷いのない言葉。キースは初めから、そうだった。

「私、は……」

ずるいのだと思う。多分…、キースはそんなふうに言ってくれると知っていた。そうでなければ、口にすることなどできなかった。

自分からは何も言わないくせに。

だが、わからなかったのだ。

「私は……誰かを愛したことがない。多分、誰も愛せない」

「緋流」

ようやく言葉を押し出した緋流の手を、キースが強く握る。

「仕事が…、護衛官としての務めが、すべてだった。だがおまえと別れた時、一人になったのだと思った」

キースに会うまでの自分と、何も変わりはないはずなのに。

「それまで……自分が孤独なのだと知らなかった」

声もなく、頬を涙が伝っていた。

「緋流」

もう片方のキースの手が、そっと緋流の頬を撫でる。

「私は、おまえに思ってもらうほどの価値はない」

涙に濡れた目で一度瞬きして、緋流は言った。

そんなに長く、そんなに強く、そんなに真剣に思ってもらえる人間ではない。

「価値は俺が決める」

静かに、キースが返した。

「あんたは…、きれいで、強くて、誇り高い。今のままでいい。ずっと前だけを見て歩いていればいい。だから、あんたの背中を、俺に守らせてくれ」

緋流は思わず目を見張った。

「二度と、誰にも傷はつけさせない」

背中の傷が一瞬、ズキリと痛んだ気がした。だがその痛みが、甘く肌に沈んでいく。

じっと緋流の目を見つめたまま、キースが唇で笑った。

「俺は気が長いって言っただろう？　大丈夫だ。あんたは俺に惚れる。そのうち、自覚できるようになる」

揺るぎのない言葉に、思わず緋流も笑ってしまった。

「自信家だな」

かすれた声がこぼれる。

「試す価値はあると思うが？」

うかがうような、誘うような眼差し。

「……そうだな」

緋流は視線を落とし、小さく答えた。

瞬間、男がグッ…と緋流の手を引き、緋流の身体がベッドへ押し倒される。

靴が脱がされ、勢いのまま覆い被さるように男の身体が上から迫って、じっと緋流を見下ろした。ゆっくりと近づいてくる顔に、緋流は吸いこまれるように目を閉じる。

唇が触れ、頬が撫でられ、額から髪が掻き上げられる。

「あ……」

その指の感触に、緋流は小さな吐息をもらした。

「髪に……、触れてくれ」

目をつぶったまま、思わず声がこぼれる。

「髪を撫でられるのが好きか？」

キースが喉で笑いながら、優しく何度も頭を撫でてくれる。

「好きだ……」

小さく震える声で、ようやく緋流は答えた。

好き——という言葉を、初めて意識して口にした気がした。

ずっと、うらやましかったのだ。小さい頃、母親に頭を撫でられ、抱きしめられる子供たちの姿が。両親や兄弟や…、大人たちから頭を撫でられ、褒められる子供たちが、腹立たしいほどうらやましかったのを思い出す。

「何度でも。これは俺の権利だしな」

髪を何度もすくように撫でながら、あっさりとキースが言った。

……知っていたのだろうか？　だからキースは、賭けの時にこの条件を出したのだろうか。

ようやくそれに気づく。

子供にするように額にキスを一度落としてから、キースが膝立ちになった。目の前でシャツを脱ぎ捨て、きれいに筋肉の張った身体を見せつける。

調子に乗せたくはないが、やはりいい身体だ。今まで寝る相手の体つきなど、特に気にしたこともなかった。誰でもよかったから。

だが今は妙に気恥ずかしく、胸がざわつく。

「今日は……、俺のやり方で抱くぞ」

宣言するように言うと、伸びてきた男の手が緋流のシャツのボタンを外す。

「優しくするからな」

にやりと笑い、わずかに広げた隙間からゆっくりと確かめるように指をすべらせた。手のひらを押し当てるようにして脇腹を撫でる。

ざわっと肌が震える感触に、緋流は無意識に息を詰めた。

男の指先が胸の小さな突起を探り当て、執拗に押し潰す。あっという間に、緋流の乳首は硬く芯を立て、男の指を弾き返す。

「あぁ……ッ」

きつくひねるように摘まみ上げられ、チリッと走った痛みに、緋流は反射的に上体を反らした。

「あいつらに触られたのか？」

感情のない声で聞かれ、緋流は答えないまま、わずかに顔を背ける。

いくぶん手荒に大きくシャツがはだけられ、次の瞬間、濡れた感触にそこが包まれた。

やわらかい舌先が円を描くように乳首をなめ上げ、尖った先に唾液をこすりつける。さらにきつく吸い上げられたかと思うと、今度は甘噛みされて、今まで経験のない…、感じたことのない刺激に、緋流はどうしようもなく身体をくねらせた。

「あぁ…っ、よせ……っ」

無意識に男の髪をつかんだ緋流だったが、キースはかまわず唾液で濡れてさらに敏感になった乳首を指でこすりながら、もう片方へと唇の攻撃を移す。

胸へ与えられた刺激だけで、息が上がりそうだった。重い身体を押しのけることもできないまま、男の好きになぶられ、緋流はどうしようもなく下肢をうごめかせてしまう。

触れられてもいないのに、ゾクゾクと身体の中心に熱が集まってきたのがわかる。

さんざん舌でもてあそび、湿った音を立ててようやく口を離した男は、緋流に息を整える間も与えず、下着と一緒に一気にスラックスを引き下ろした。

「あっ…、やぁ……っ！」

早くも形を変えていた自分のモノが男の目にさらされ、思わず高い声が飛び出す。もう何度も身体を合わせているはずなにのに、今さらなぜか強烈に恥ずかしい。

男の腕が強引に緋流の両足を抱え上げ、緋流の中心がさらに男の鼻先に突き出してしまう。すでに硬く反り返り、先端からは蜜もにじませた淫らな状態だ。

「あぁ…、ちゃんと感じてるようだな」

つぶやくように言って、キースが優しく手の中に握りこむ。

根元の双球がやわらかく揉みしだかれ、強弱をつけて根元からこすり上げられて、緋流は無意識にシーツを引きつかみ、体中に溢れかえる波に溺れそうになるのを必死にこらえた。

それでも先端からはとろとろと快感の印が溢れ出し、男の指を濡らすのがわかる。

「ひぁ…っ！　あぁっ、あぁぁ……っ！」

　こぼしたもので濡れそぼった小さな穴が指の腹で揉まれ、たまらず緋流は腰を跳ね上げた。

　そして次の瞬間――いっぱいに男の口にくわえこまれ、舌で、唇で愛撫されて、息が止まりそうになる。

　口で……など、今まで自分から求めたことはなかったし、してもらったこともない。

　セックスに痛みを求める緋流には、無用のことだった。感じるはずもない、と思っていた。

「キース……！」

　喉からほとばしるように声が飛び出し、反射的に腰を引こうとしたが、逆に両膝を押さえこまれて、さらに深く味わわれる。

　やわらかく熱い感触に何度もしゃぶり上げられ、くびれがなぞられて、あまりの快感に腰の奥がぐずぐずと溶け出してしまいそうだった。

「やめろ…っ、キース…！　出る……！」

　男の髪をつかんだまま激しく腰を振り、緋流は叫んだ。

「そんなに簡単に出していいのか？　争奪戦だったのに」

　いったん口を離した男がおもしろそうな眼差しでちらっと見上げ、緋流は思わず涙目でにらむ。

　低く笑った男が、根元の双球を口の中で丹念に愛撫してから、奥へと舌をすべらせた。腰がさらに高く浮かされ、舌先が細い溝《みぞ》をたどってたっぷりと濡らされる。

　そしてとうとう奥の窄まりへ行き着くと、まだ硬く貞淑《ていしゅく》な襞に舌をねじこんだ。

「あぁぁぁ……っ！」

　覚えのある甘い感触に、緋流は大きく身体をのけぞらせる。跳ねる腰を男の腕ががっちりと押さえこみ、身動きできない状態で執拗に舌で愛撫された。

「ああっ、あぁっ、ダメ……！」

いやらしく濡れた音が耳につき、さらに緋流を追い立てる。与えられた唾液を絡め、あっという間に襞がヒクヒクと淫らにうごめき始めたのがわかる。

「キースっ、キース…っ、もう……！」

いつもならとっくに指がねじこまれ、男の太いモノで突き上げられているくらいだ。

「まだだ。今日はココがとろとろになるまで許す気はないからな」

しかし残酷に言い放つと、男の指が溶け始めた部分を押し開き、さらに奥まで舌を伸ばした。

後ろをなめられながら、淫らに蜜を振りまいていた前が男の手で握られ、意外と器用な指でくびれから先端がこすり上げられる。

「あっ…、あっ、あっ……あぁっ、あぁぁっ、もう…っ、もう……っ！」

快感の波に放りこまれ、もうどうしようもなく、緋流はただあえぎ続けた。

息が詰まる。おかしくなりそうだった。

ようやく男が口を離し、確かめるように指先がとろけきった襞に触れる。ぐっしょりと濡れた表面が掻きまわされ、もの欲しげにいっせいに襞が男の指に絡みつく。

「すごいな……」

つぶやくようにこぼれた声に、カッ…と全身が火照《ほて》る。

「なか……っ、はや…く……っ」

たまらずねだるようにうめいた緋流に、キースが吐息で笑って、ずぶっ…と指を突き入れた。

二本の指が抵抗もなく飲みこまれ、中を大きく掻きまわす。

「あぁぁぁ……っ！　いい……いい……っ」

夢中でその指を締めつけ、緋流は理性も飛ばして快感を貪った。

だが、ダメだ。まだぜんぜん足りない。

「キース……っ、あぁ……、もっと……！」

恥ずかしく口走った声に、じっと緋流の顔を見つめていた男が指を引き抜いた。

「あぁっ、いや…っ、まだ……っ」

あせって、緋流は男の腕をつかむ。

「コレだろ…？　ん、緋流……」

しーっ、と優しくなだめるような声が耳元に落とされ、熱く疼く部分に硬いモノが押し当てられた。

先走りに濡れた先端が襞に吸いつくようで、一気に体中が熱を上げる。

「欲しいか……？」

そっと聞かれて、緋流はわけもわからず何度もうなずく。

「よかった」

吐息でつぶやき、俺もだ――、と優しい声が続けてささやく。

そして一気に、キースが中へ入ってきた。

「あぁぁぁぁ――……っ！」

ぶわっ、と身体の内側から噴き上がる熱に、緋流は夢中で男の肩にしがみつく。

いったん根元まで押しこむと、キースはそのまま揺すり上げるように何度もグラインドし、さらに緋流の腰をつかむと、ガツガツと出し入れした。

「あぁっ、あぁっ、いい……っ！　もう……っ」

自分の声も、すでに意識にない。

男の荒い息づかいと、熱っぽく名前を呼ぶ声が身体を包みこむ。

「緋流……、緋流……っ」

「——ふ…、あ…っ、……あぁぁ……っ！」

達した瞬間、ふっ、と浮いた身体が強い力で引き寄せられ、ほとんど同時に中に熱いしぶきが散ったのがわかる。

一瞬、間違いなく、意識が飛んでいた。

気がついた時、ぐったりとした身体は男の腕に抱かれ、優しく髪を撫でられていた。

もどってきたのだ…、と、そんな安心感が身体を包む。ここに、帰ってこられたのだ、と。

——自分の、居場所……？

ふっと、その言葉が頭をかすめる。

緋流の意識がもどったことに気づいたのか、男の手がふいに止まる。髪から頬へとすべり落ちて、親指でそっと唇がなぞられた。

わずかに視線を上げると、青い目とまともにぶつかる。

「優しく抱かれるのもイイだろう？」

どこか自慢そうに聞いてくる。

「あれを優しくと言うのならな……」

短く息をついて、緋流は答えた。

ちょっと違う気もする。……経験がないので、よくはわからなかったが。

「バリエーションはいろいろだ」

キースがとぼけるように軽く肩をすくめ、そしてシーツに肘をついてわずかに上体を持ち上げた。

上から緋流の顔をのぞきこみ、乱れて頬に張りついた髪を指先で整えてくれる。

「キスしていいか？」

「ああ……」

礼儀正しいのかもしれないが、きちんと聞かれるのもちょっと恥ずかしい。

それでも平静なふりをして答えた緋流に、キースが唇を重ねた。何度もついばまれ、入りこんだ熱い舌に、緋流の舌が絡みとられる。

やわらかく、優しく、心地よい。

ようやく唇が離れ、そっと目を開けると、キースの顔はまだ吐息が触れるほど近くにあった。

まっすぐな青い目が静かに瞬く。

「待ってろ、緋流。全部、俺のモノにするから」

ドクン、と胸の奥で大きく響く。

傲慢で、優しい言葉――。

全部。身体も、心も、すべて。

いつか……全部、ゆだねられるのだろうか？

この男の与えてくれるものに、何も応えられていないのに。

自分の気持ちさえ、まともに理解できていないのに。


気が長い、と言った男の言葉に、甘えてもいいか…、と思う。

不思議だった。

今まで誰かに甘えたことなどない。頼ったこともない。

なのに、それが嫌でもなく、悔しくもなく、自然に受け止められる。

男の目を見返し、緋流は静かに言った。

「そうだな…。おまえの身体は悪くない」

冷静に、理性的な判断で。

「ま、そこからだな」

まんざらでもなさそうに、キースがにやりと笑う。

優しく抱かれるのも、――多分、悪くない。

◇　◇

一週間ほどして、「護衛官の死」が公式に報告され、その経緯の説明がなされた。

かねてよりの国王の暗殺予告、そして「ロイヤル・ピクニック」での爆破(も、同時に報告された)を調査していた監察課が、怪しいと目星をつけたケネスに事情を聞こうとしたところ、人質をとってホテルの部屋に立てこもり、銃撃戦の末に死亡した——、というものだ。

まあ、あながち嘘ではない。説明していない部分が多いとはいえ。

国王を狙ったのは主義、思想的な立場からではなく、単に仕事上での不満がたまった結果ということで、護衛隊としても襟を正したい、という言葉で締めくくられていた。


ケネスと個人的に親しかったフェルナン・ドロールの名前が協力者として挙げられ、しかし関与の度合いについては不明ということで、告発は免《まぬが》れた。

ただスペンサーには、百年も昔に制定された「貴族法」というものがいまだに存在している。免責、免罪などの許容規定ではなく、ノブレス・オブリージュ的な色合いが大きく、それに反する言動があった場合、王家からの処罰を受けるというものだ。現在でも、新しく爵位が授与された時、あるいは相続して引き継いだ時、書面にサインをして誓約する。

それに照らし合わせて、フェルナンの子爵としての爵位と財産は没収となり、父の伯爵位を継ぐことも不可能になった。さすがにスペンサーの社交界で恥をさらして生きていくことはできず、早々に国外へ逃げたようだ。

オーランシュ家の執事であるエスターのイアン・

ロデリック大尉襲撃については別個の事件として扱われ、本人が主張しているように、個人的な恨みという動機が認定された。未遂だったが、懲役刑は免れない。

オーランシュ女伯爵――祖母については、この一連の件で公式に罪に問われることはなかった。

だが緋流も黙っているつもりはなく、祖母に、爵位を娘婿であるロバートに譲り、田舎の施設で静養に入ることを求めた。

「バカなことを……！　私を牢屋に入れることなどできませんよ！　私が何をしたというのっ」

当然ながら祖母は怒り狂ったが、緋流も引かなかった。

「あなたが何をしたのかはあなたが一番よくご存じだと思いますが。もし、お祖母様がこれを受け入れられないということでしたら、私が貴族法に訴えます。――児童虐待の罪でね。証拠ははっきりと残っていますから」

自分の背中に、だ。

「あれは……あれは躾よ！」

祖母は昔と何も変わっていなかった。子供の背中を鞭打っていた頃と。

ヒステリックに叫んだ祖母に、緋流はぴしゃりと言った。

「それを法廷で、陛下や他の貴族たちの前で主張してみますか？　その理屈が通るとでも？　法廷に出れば、あなたの大事な伯爵家が犯罪者の家になるんですよ。あなたが伯爵家を汚し、消滅させるんです。かまいませんよ？　私はそれでも」

祖母にとっては、何よりも恥辱だろう。

怒りに震えながら、祖母は書類にサインするしかなかったようだ。

緋流は、母の夫であるロバートに頼んで伯爵家へもどってもらった。自分にめぐってきた爵位にも驚いていたが、母のそばにいられることは、彼にとっても幸せなことのようだ。

ここまで緋流が思い切れたのは、自分にも居場所があるのだと、気づいたからかもしれない。

形があるわけではない。ただ…、安心していられる場所。自信を持っていられる場所だ。

あきれるほど揺るぎのない男の存在と、そして、自分が命をかけてきた組織と。

護衛隊から、緋流に対する処分はなかった。必要ない、とナインの中でも一致した意見だったようだ。ケネスに対する責任で言えば、警護課にもあるし、人事にも矛先が向きかねない。

キースには楽天的にそう言われていたが、やはりホッとした。

そして、ようやく護衛隊の中にもいつもと同じ空気がもどってきた頃――。

緋流はカーマイン卿の執務室に呼び出しを受けた。

直接のボスではないが、ナインの筆頭であり、国王付きのカーマイン卿とは時々、仕事上でのやりとりがあり、別段異例というわけでもない。とりわけ今の自分には、処分がないまでも、何か訓告的なことがあってもおかしくない。

が、どうやらその話ではなかったようだ。

「キースの仕事ぶりはどうかな？」

立ったまま緋流を待っていたカーマイン卿は、何気ない様子でそんなことを尋ねた。

それだけ聞けば、キースの査定ともとれた。つまり、この先もキースを今のポストに就けておくかどうかの。

「狙撃手としては一流かもしれませんが、補佐官としては優秀とは言えません」

バッサリと切って捨てた緋流に、そうか…、と苦笑いする。

「小さい王子殿下、王女殿下には懐かれているようですから、そちらの専任の警護などでしたら合っているかと思いますが」

付け加えた緋流に、カーマイン卿がわずかに視線を上げて、そっとうなずく。

「なるほど」

その表情を、緋流はじっと見つめた。

ここしばらく、ずっと考えていたことがあった。

このタイミングでキースが補佐官になったのは偶然なのか——、と。

時系列で言えば、緋流の祖母に雇われたあと、キースは緋流の相方になったのだ。まったく畑違いのところから補佐官に抜擢されるということ自体、異例だと思うが、ずいぶんと都合がいい。

また何かの勘違いだと困るので、まっすぐに、キースにも尋ねてみたのだ。

するとキースは、ちょっと困ったように答えた。

「ちょっと無理を言った。一生に一度の我が儘《まま》を聞いてもらった、ってところだな」

それ以上は言わなかったが、いったい誰に？　と思う。

その我が儘が聞ける人間は少なく、そもそもなぜ、一護衛官であるキースの我が儘が通るのかもわからない。

そして、国王がキースに会った時の、あの表情。

さらにはパパラッチの調査結果。

それらを考え合わせた時、一つの仮説が浮かんでいた。

「一つ、お聞きしてよろしいですか？」

「かまわないよ」

静かに口を開いた緋流に、カーマイン卿がさらりと答える。

おそらく…、緋流にそれを話すために、今日は呼んだのではないかと思う。

「キースは、先代陛下の息子ですか？」

飛行機事故で亡くなった、先代の国王だ。現国王の兄。

キースの母は今の国王と同級生の音楽仲間で、よく王宮にも演奏に来ていた。つまり、先代の国王と知り合う機会もあったはずだ。

あのパパラッチは、そこを取り違えた。弟も、兄と同級生との秘密の恋を知っていたなら、兄よりも身軽な立場で協力したところはあったのだろう。仲のいい兄弟だった。

そう、キースも嘘はついていない。

先代の結婚がかなり遅かったのも、あるいはずっと彼女のことを、そしてキースのことを引きずっていたからだろうか。

カーマイン卿が小さく息を吐き、口を開いた。

「先代陛下は…、ずっとソフィアを妻に迎えたいと言っていた。王位継承権を捨てる覚悟もあった。だが彼女が身を引いて、姿を隠していたんだよ」

やはり、と思う。予想はしていたが、衝撃だった。

「では、キースは……」

本来ならば、王位継承権の一位だった。先代の国王が亡くなった時、即位していてもおかしくなかったのだ。

「本人に名乗り出るつもりはないようだし、今のままがいいと。……ただ今回、トリアドール卿の補佐官についてだけ、どうしてもやらせてほしいと言ってきた。しばらくの間でいいから、とね」

超法規的な抜擢だったはずだ。

「彼から何かを頼んできたのは初めてだったんだよ。金銭に限らず、これまですべての援助を断ってきたからね。よほど大切なことだったんだろう」

――自分のために。

緋流はわずかに視線を落とす。

だがもし、キースが王位についていれば、自分たちの出会いはまったく違っていたはずだ。

立場や生活も違う。今のように、机を並べて仕事をすることなどあり得なかった。

……多分、セックスするようなことも。

そういえば、キースは先代と先々代の国王の警護にも就いたことがあると言っていた。少なくとも、父と祖父に対面はかなったということだ。

もしかすると、キースの母はキースを護衛官にしたくて、「この国で一番、強くてきれいな存在」だと教えたのかもしれない。護衛官になれば、名乗り出ることがなかったとしても、おたがいに近くで顔を見ることができる。もしかすると、話をすることも。

それがめぐって、緋流をも護衛官への道へ進めたのだとすると、何か不思議な気持ちだった。

「ひょっとして、俺は左遷《させん》かな？」

クリムゾン・ホールにもどると、眉間に皺《しわ》を寄せ、キースがうかがうように尋ねてくる。

「優秀な後任が決まれば、そうだろうが」

あえて冷たく言った緋流に、やった、とキースが拳を握る。

「つまりまだ決まってないわけだな」

緋流はあからさまなため息をついた。

ポジティブさの方向が違う。普通なら、残れるように仕事のスキルを磨くことに前向きになるべきだが、キースの場合、やはりそのうちに警護課にもどるのだろう、と思う。適性で見れば、明らかに向こうだ。

「えー、まだなのかよ」

「緋流、かわいそー」

と、そこここからちゃちゃが入り、どうやら緋流の呼び出しで、いよいよお別れだな、とキースは仲間たちからからかわれていたらしい。

「もうしばらくいいだろ。配置換えになっても、OB用の席を用意しといてくれよ。ちょくちょく遊びに来るからさ」

軽い調子で言いながら、ちらっと意味ありげに緋流の顔を見る。

つまり、部署が変わっても顔を見に来る、あるいは、時間を合わせて出られるように迎えに来る、というアピールだろうか。

職場にプライベートを持ちこまない、という騎士の誓いはまだ生きているはずで、緋流は軽くにらんで返す。

「アホ。おまえの相手をしてるヒマがあるか」

横からもっともなつっこみが入る。

「ていうか、もどるんなら警護課だろ？　手間のかかる新人教育とか、幽霊の出る離宮の警備とか、めいっぱい仕事を振ってやるからな。覚悟しとけ」

スタンが手ぐすね引くような悪い顔で宣言し、横暴だ、職権乱用だ、とキースがうなっている。

「ほら、仕事しろ。ここにいる間は、補佐官の仕事を学んで現場に活かすんじゃないのか」

緋流が厳しく指導すると、ようやくキースがパソコンに向き直る。

何かカタカタと短く打っていたかと思うと、ふいに補佐官共有のメッセージアプリにキースの投稿が入った。緋流のパソコン上でも、隅の方に常時小さく画面は上がっている。

『怒った緋流の顔が色っぽすぎる件について』

ぶっ、と噴き出す声と、ギャハハハッ、と笑い出した声が同時にフロアに響いた。

キースは初対面から——公式な、という意味で——緋流を口説いていたし、今では仲間内でも一種の定番ジョークとして受け止められている。緋流に相手にされていない、というところまで含めて。

「悪い。誤爆した」

すかした顔で言ったキースを、緋流は例によって黙殺した。

そんなコントのようなやりとりのせいか、このところ少しばかり他の補佐官たちも緋流に対して気安い空気になった気がする。

キースは王族として守るべき対象ではなく、ともに戦う仲間だった。

そのことに安心している自分に、緋流は気づかないふりをしていた。

——今は、まだ。もう少しだけ。

end.

あとがき

こんにちは。うおぉぉぉ……、ひさしぶりの新刊で、本当におひさしぶりのリンクスさんの本になります。狼少年並みのアナウンスで発売が遅れまくってしまいまして、本当に申し訳ありません。今年最初の本で、おそらく平成最後の本になりますね。滑りこめてよかった……。

そして長々と時間をとってしまいましたが、新しいお話になります。現代物ですが、めずらしく外国（の架空の国）舞台ですね。王室護衛官《スカーレット》の方々の恋にお仕事に、という物語でしょうか。ご存じの通り（？）設定を作るのが好きなので、うっかりがっつり作ってしまいました。おかげでひさしぶりの二段組みということで、ビクビクしておりますよ……。でも書き上がってみれば、意外と私らしいお話だな、という気がします。ツン受けと、ちょっとオヤジ気味（だけど若いですよ！）で懐深い攻めと、陰謀と。まわりにはおっさんいっぱい。通常仕様です(笑)。

この「王室護衛官《スカーレット》」という言葉に、あれ？　と思われた方がいらっしゃれば、ありがとうございます！　なのですが、昨年、他社さんの文庫で書かせていただいた本が、今回出てくる王室護衛隊創設時のお話になっております。同じ「スペンサー王国」を舞台にしているのですが、そちらは四〇〇年前の世界なんですねー。なので、ちょこちょこと時空を超えて重なっている部分もございます。昔の名前が現在まで、あちこちに残っていたりするんですよね。

内容的には、現代劇とファンタジーにカテゴリーも分かれますし、何でしょうか、同じ国を舞台にしても、四〇〇年変われば物語も変わります。四〇〇年前だと現代では考えられない命がけの攻防があったり、現代では現代ならではの陰謀があったり。こちらの本の緋流《ひりゅう》さんの受難とかも、昔では考えられない設定ですし。そういう書き分けができるのがおもしろいところですが、一方で、四〇〇年前でも今でも、人間のやってることは変わらないなぁ、というところもあるのではと思われます。まあ、本質的に恋愛問題はきっと同じだし、権力闘争とかも同じなんですよね。同じ中で、こう時代による演出？　とか展開の違いが出ればおもしろいかな、と。それぞれの楽しさを感じていただければ、書いている私としましても、とても幸せです。

今回、イラストをいただきました亜樹良《あきら》のりかずさんには、本当にありがとうございました！　緋流のツンな美人さん度もですが、キースのガタイのいい、ワイルドなかっこよさにドキドキします。ずいぶんと前に魅力的なキャラをいただいておきながらのこのていたらく……、本当に本当に申し訳ありませんでした……っ。念願の軍服姿をとても楽しみにしております。

そして今回、長くお世話になっておりました担当の落合《おちあい》さんが部署替えということになりました。ご迷惑ばかりで何もお返しできないままなのが申し訳ないです。この「スカーレット」も一緒に始めておきながら、担当していただいている間に出し切れず……、悔やまれます。これまでたくさんの助言や、妄想やネタを、本当にありがとうございました！リンクスさんでこんなにたくさんオヤジを書かせていただけたのは、ひとえに落合さんのおかげです（笑）。これからもがっつり書き続けて行きますよっ。本当に感謝の言葉しかありません。ありがとうございました。そして新しく担当いただく増田《ますだ》さんには、これから多々、ご迷惑をおかけするかと思いますが！　すでにめいっぱいおかけしているように思いますがっ。めいっぱい尻をたたいていただければとっ。なんとか地道にやっていければと思いますので、これからどうかよろしくお願いいたします。

あっ、そういえば、せっかく架空の国設定を作りましたので、Twitterで少し遊んでみたいなー、と思っております。スペンサーの日本大使館発信なのか、外務省発信なのか、広報課発信になるのか、ちょっと考えているところですが、護衛官さんたちの日常や、王室事情など、いろいろとつぶやいてくれるはず。こちらの本の発売に合わせて始める予定ですので、ちょこっとのぞいていただけるとうれしいです。

それでは、本当にひさしぶりの本にもかかわらず、おつきあいいただきました皆様には本当にありがとうございました！　昨年は個人的なところで、と言いますか、年を重ねるにつれやってくる問題ですが、ちょっと周辺がバタバタしておりまして、本当に編集さんにもイラストレーターさんにも（例年以上に……）多大なご迷惑をおかけしてしまいました。ようやく状況が少し落ち着きをみせておりますので、今年は新刊の方も、もう少し着実に出していけるのではないかと思います。どうか懲りずに、またおつきあいいただければありがたいです。

それでは、また次の本でお目にかかれますように——。

4月　　タケノコとセットで初鰹。タケノコは鰹のアラで煮るのです♪（母の味）

ルナティックガーディアン《るなてぃっくがーでぃあん》

水壬楓子
イラスト：サマミヤアカザ

本体価格870 円+税

北方五都の中で高い権勢を誇る月都。第一皇子である千弦の守護獣・ルナは神々しい聖獣ペガサスとして月都の威信を保っていた。だが、半年後に遷宮の儀式をひかえ緊張感が漂う王宮では、密偵が入り込みルナの失脚を謀っているとも囁かれている。そんな中、ある事件から体調を崩しぎみだったルナは人型の姿で庭の一角に素っ裸で蹲っていたところを騎兵隊の公荘という軍人に口移しで薬を飲まされ、助けられる。しかし、その日からルナはペガサスの姿に戻れなくなってしまい、公荘が密偵だったのではないかと疑うが……？

リンクスロマンス大好評発売中

レイジーガーディアン《れいじーがーでぃあん》

水壬楓子
イラスト：山岸ほくと

本体価格870 円+税

わずか五歳で天涯孤独の身となった黒江は、生きるすべなく森をさまよっていた時にクマのゲイルに出会い、助けられる。守護獣であるゲイルの主は王族の一員である高視で、その屋敷に引き取られた黒江は高視を恩人として慕い、今では執事的な役割を担っている。実は、ほのかにゲイルに恋心を抱いていた黒江だが、日がな一日中怠惰な彼に対し小言を並べ叱ることで自分の気持ちをごまかしていた。そんな折、式典の準備のゲイルと一緒に宮廷を訪れた黒江は、第一皇子・一位様からの内密な依頼で神宮へ潜入することになるが……。

リーガルトラップ

りーがるとらっぷ

水壬楓子

イラスト：亜樹良のりかず

本体価格855円+税

名久井組の若頭・佐古は、組のお抱え弁護士である征眞とセフレの関係を続けていた。そんなある日、佐古は征眞が結婚するという情報を手に入れる。征眞に惚れている佐古は、彼が結婚に踏み切らないよう、食事に誘ったりプレゼントを用意したりと、あの手この手で阻止しようとする。しかし残念ながら、征眞の結婚準備は着々と進んでいき……。

大人気RDCシリーズ、スピンオフ作品登場！

リンクスロマンス大好評発売中

RDC
― メンバーズオンリー ―

あーるでぃーしー ― めんばーずおんりー ―

水壬楓子

イラスト：亜樹良のりかず

本体価格855円+税

ＲＤＣでマネージャーを務める高埜と、オーナーの冬木には知られざる過去があった。高埜は父を亡くしてからは母に何かとあたられ、金が必要になるたび客を斡旋されたりしていた。母に見つからないよう生活費を稼ぐため街で客を捜していた高埜はある日、ＡＶにスカウトされる。しかし、約束に反して無理矢理撮影されそうになり、そのＡＶ会社の社長の冬木に助けられた。その後も何かと面倒を見てくれる冬木に高埜は惹かれてゆくが……。

RDCシリーズ完結編！

LYNX ROMANCE

イラストレーター募集

リンクスロマンスでは、イラストレーターを随時募集いたします。

リンクスロマンスから任意の作品を選び、作品に合わせた
模写ではないオリジナルのイラスト(下記各1点以上)を描いてご応募ください。
モノクロイラストは、新書の挿絵箇所以外でも構いませんので、
好きなシーンを選んで描いてください。

1 表紙用 カラーイラスト

2 モノクロイラスト (人物全身・背景の入ったもの)

3 モノクロイラスト (人物アップ)

4 モノクロイラスト (キス・Hシーン)

募集要項

＜応募資格＞

年齢・性別・プロ・アマ問いません。

＜原稿のサイズおよび形式＞

◆Ａ４またはＢ４サイズの市販の原稿用紙を使用してください。
◆データ原稿の場合は、Photoshop（Ver.5.0 以降）形式でＣＤ－Ｒに保存し、
出力見本をつけてご応募ください。

＜応募上の注意＞

◆応募イラストの元としたリンクスロマンスのタイトル、
あなたの住所、氏名、ペンネーム、年齢、電話番号、メールアドレス、
投稿歴、受賞歴を記載した紙を添付してください（書式自由）。
◆作品返却を希望する場合は、応募封筒の表に「返却希望」と明記し、
返却希望先の住所・氏名を記入して
返送分の切手を貼った返信用封筒を同封してください。

＜採用のお知らせ＞

◆採用の場合のみ、６カ月以内に編集部よりご連絡いたします。
◆選考に関するお電話やメールでのお問い合わせはご遠慮ください。

宛先

〒151-0051 東京都渋谷区千駄ヶ谷 4−9−7
株式会社　幻冬舎コミックス
「リンクスロマンス　イラストレーター募集」係

この本を読んでのご意見・ご感想をお寄せ下さい。

〒151-0051
東京都渋谷区千駄ヶ谷4-9-7
(株)幻冬舎コミックス　リンクス編集部
「水壬楓子《みなみふうこ》先生」係／「亜樹良《あきら》のりかず先生」係

リンクス ロマンス

スカーレット・ナイン

2019年4月30日　第1刷発行

著者……………水壬楓子《みなみふうこ》
発行人…………石原正康
発行元…………株式会社　幻冬舎コミックス
〒151-0051　東京都渋谷区千駄ヶ谷4-9-7
TEL 03-5411-6431（編集）
発売元…………株式会社　幻冬舎
〒151-0051　東京都渋谷区千駄ヶ谷4-9-7
TEL 03-5411-6222（営業）
振替00120-8-767643
印刷・製本所…株式会社　光邦
検印廃止

ISBN978-4-344-84250-2 C0293
Printed in Japan

幻冬舎コミックスホームページ　http://www.gentosha-comics.net